Prosper Mérimée

Der doppelte Irrtum

Arsène Guillot

Zwei Pariser Novellen

Übersetzt von Paul Hansmann

Prosper Mérimée: Der doppelte Irrtum / Arsène Guillot. Zwei Pariser Novellen

Übersetzt von Paul Hansmann.

Der doppelte Irrtum:
 La Double Méprise. Erstdruck: 1833. Übersetzt von Paul Hansmann unter dem Titel »Zwiefacher Irrtum«.
Arsène Guillot:
 Arsène Guillot. Erstdruck: 1844. Übersetzt von Paul Hansmann.

Neuausgabe
Herausgegeben von Karl-Maria Guth
Berlin 2017

Umschlaggestaltung von Thomas Schultz-Overhage unter Verwendung des Bildes: Konstantin Flavitsky, Prinzessin Tarakanova, 1864

Gesetzt aus der Minion Pro, 11 pt

Verlag: Henricus - Edition Deutsche Klassik GmbH
Mörchinger Str. 33, 14169 Berlin, info@henricus-verlag.de
Druck: Libri Plureos GmbH, Friedensallee 273, 22763 Hamburg

ISBN 978-3-7437-0161-8

Bibliografische Information der Deutschen Nationalbibliothek

Die Deutsche Nationalbibliothek verzeichnet diese Publikation in der Deutschen Nationalbibliografie; detaillierte bibliografische Daten sind im Internet über www.dnb.de abrufbar.

Der doppelte Irrtum

1.

Seit etwa sechs Jahren war Julie von Chaverny verheiratet und hatte seit fast fünf Jahren und sechs Monaten nicht nur eingesehen, daß sie ihren Gatten unmöglich lieben könnte, sondern daß es auch noch schwierig sei, einige Achtung vor ihm zu haben.

Der Gatte war ja kein unanständiger Mensch; war weder ein Dummkopf noch ein Einfaltspinsel. Vielleicht indessen hatte er von alledem etwas abbekommen. Wenn sie in ihren Erinnerungen gekramt, hätte es ihr wieder einfallen können, daß sie ihn einstmals liebenswürdig gefunden. Jetzt aber langweilte er sie, fand sie ihn durchaus abstoßend. Seine Art zu essen, Kaffee zu trinken, zu sprechen, machte sie nervös und ungeduldig. Sie sahen und sprachen sich fast nur bei Tisch, speisten aber mehrere Male in der Woche zusammen zu Mittag, und das genügte, um Julies Abneigung bestehen zu lassen.

Chaverny war ein ziemlich hübscher Mann, ein bißchen zu dick für sein Alter, mit frischem Teint, ein Sanguiniker, der sich aus Charakterstärke vor jenen unklaren Aufregungen in Acht nahm, die phantasiebegabte Männer häufig quälen. Er hegte den kindlichen Glauben, seine Frau bringe ihm eine stille Freundschaft entgegen (um sich wie am ersten Ehetage geliebt zu wähnen, dazu war er ein zu großer Philosoph), und diese Überzeugung bereitete ihm weder Freude noch Kummer; ans Gegenteil würde er sich gleichfalls gewöhnt haben. Mehrere Jahre hatte er in einem Kavallerieregiment gestanden; als er aber ein bedeutendes Vermögen geerbt, war er des Garnisonlebens überdrüssig geworden, hatte seinen Abschied genommen und sich verheiratet.

Einerseits hatten sich hohe Verwandte die Beine abgelaufen, um die Interessenangelegenheiten zu regeln. Andererseits gehörte Chaverny einer guten Familie an. Damals war er noch nicht zu dick, war munter, und, in der ganzen Ausdehnung des Wortes das, was man einen guten

Jungen nennt. Mit Vergnügen sah Julie ihn bei ihrer Mutter verkehren, weil er sie zum Lachen brachte, indem er ihr Geschichten aus seinem Regimente mit einer Komik erzählte, die nicht immer von gutem Geschmack war. Liebenswürdig fand sie ihn, weil er mit ihr auf allen Bällen tanzte und es ihm nimmer an guten Gründen fehlte, Julies Mutter zu überzeugen, länger dort zu bleiben, ins Schauspiel oder ins Boulogner Wäldchen zu gehn. Endlich hielt Julie ihn für einen Helden, weil er sich zwei- oder dreimal rühmlichst duelliert hatte. Was aber Chavernys Triumph vollkommen machte, war die Beschreibung eines bestimmten Wagens, der nach einem Plane von ihm hergestellt wurde, und in welchem er Julie selbst fahren wollte, wenn sie einwilligen würde, ihm ihre Hand zu reichen.

Nach einigen Ehemonden hatten alle guten Eigenschaften Chavernys viel von ihrem Verdienste eingebüßt. Er tanzte nicht mehr mit seiner Frau, – das ergibt sich ganz von selber. Seine lustigen Geschichten hatte er alle drei- oder viermal erzählt. Jetzt sagte er nur, die Bälle zögen sich zu sehr hin. Im Schauspiel gähnte er und fand die Sitte, sich zu Abend umzukleiden, einen unerträglichen Zwang. Sein Hauptfehler war die Faulheit. Wenn er zu gefallen versucht hätte, würde er vielleicht Erfolg gehabt haben; das »Muß« aber erschien ihm eine Höllenqual; das hatte er mit fast allen dicken Leuten gemein. Die Gesellschaft langweilte ihn, weil man in ihr nur in dem Maße gut aufgenommen wird, wie man sich ihr zu gefallen bemüht. Seiner Meinung nach war derbe Freude allen feineren Vergnügungen vorzuziehen, denn, um sich bei Leuten seines Geschmacks auszuzeichnen, brauchte er nur lauter zu schreien als die übrigen, was ihm bei so kräftigen Lungen wie den seinigen nicht schwer fiel. Überdies setzte er seinen Stolz darein, mehr Champagner als ein gewöhnlicher Sterblicher zu trinken, und ließ sein Pferd eine vierfußhohe Schranke tadellos nehmen. Infolgedessen erfreute er sich einer ehrlich erworbenen Schätzung unter jenen schwierig zu definierenden Wesen, die man junge Leute nennt, von welchen unsere Boulevards gegen fünf Uhr Abends überschwemmt sind. Jagdpartien, Landpartien, Rennen, Junggesellendiners, Junggesellensoupers wurden eifrig von ihm besucht. Zwanzigmal am Tage sagte er, daß er der glücklichste der Männer sei, und jedesmal, wenn Julie das hörte, schlug sie die Augen gen Himmel und ihr kleiner Mund verzog sich unsäglich verachtungsvoll.

Man kann sich denken, daß sie, schön, jung und mit einem Manne verheiratet, der ihr mißfiel, von sehr eigennützigen Verehrern umgeben sein mußte. Doch außer dem Schutze ihrer sehr klugen Mutter hatte sie ihr Stolz, der ihr Fehler war, bislang vor allen Verführungen der Welt gefeit. Die Enttäuschung, die ihrer Verheiratung gefolgt war, hatte es ihr überdies, indem sie ihr eine Art Erfahrung verlieh, schwer gemacht, sich zu begeistern. Ihr Stolz war's, sich von der Gesellschaft bedauert und als Muster der Ergebung angeführt zu sehen. Alles in allem war sie beinahe glücklich, denn sie liebte niemanden, und ihr Gatte ließ ihr vollkommene Handlungsfreiheit. Ihre Gefallsucht (und sie tat zugegebenermaßen gern ein bißchen dar, daß ihr Mann den Schatz, den sie besaß, nicht kannte), die ganz instinktmäßig wie die eines Kindes war, verwob sich sehr wohl mit einer gewissen verachtungsvollen Zurückhaltung. Kurz, aller Welt gegenüber war sie liebenswürdig. Die Schmähsucht fand nicht den geringsten Vorwurf, den sie ihr machen konnte.

2.

Die beiden Gatten hatten bei Frau von Lussan, Julies Mutter, die nach Nizza reisen wollte, zu Mittag gegessen. Chaverny, der sich bei seiner Schwiegermutter tödlich langweilte, mußte notgedrungen den Abend dort verbringen, wiewohl er größte Lust hatte, seine Freunde auf dem Boulevard zu treffen. Nach dem Mahle hatte er sich auf ein bequemes Sofa gesetzt und zwei Stunden über kein Wort gesagt. Er schlief; durchaus schicklich übrigens, saß mit zur Seite geneigtem Kopfe da, wie wenn er der Unterhaltung voller Interesse zuhörte.

Dann hatte er sich an einen Whisttisch setzen müssen, ein Spiel, das er verabscheute, weil es eine gewisse Aufmerksamkeit erfordert. All das hatte ziemlich lange gewährt. Es schlug gerade halb zwölf. Chaverny hatte für den Abend keine Verabredung: er wußte absolut nicht, was er unternehmen sollte. Während solcher Ratlosigkeit meldete man den Wagen. Wenn er nach Hause zurückkehren würde, mußte er seine Frau begleiten. Die Aussicht auf ein zwanzig Minuten langes Untervieraugensein hatte etwas Beängstigendes für ihn. Doch fügte er sich schließlich in das Unabänderliche.

Als er seine Frau in ihren Schal hüllte, konnte er sich eines Lächelns nicht erwehren, wie er sich in einem Spiegel die Funktionen eines frischgebackenen Ehemanns verrichten sah. Er betrachtete auch seine Frau, die er kaum angeschaut hatte. An diesem Abend erschien sie ihm hübscher als gewöhnlich: auch bedurfte er einiger Zeit, um den Schal zurechtzulegen. Julie war ebenso verdrossen über das eheliche Untervieraugensein wie er. Schmollend zog sie ein etwas schiefes Gesicht und ihre geschwungenen Augenbrauen zogen sich unwillkürlich zusammen. All das verlieh ihrem Antlitze einen angenehmen Ausdruck, dem selbst ein Ehemann nicht widerstehen konnte. Während der eben erwähnten Tätigkeit begegneten sich ihre Augen im Spiegel. Beide waren sie verwirrt. Um sich aus der Verlegenheit zu ziehen, küßte Chaverny seiner Frau lächelnd die Hand, die sie erhob, um ihren Schal zu ordnen ... »Wie lieb sie sich haben!« sagte Frau von Lussan ganz leise, die weder die kalte Verachtung der Frau, noch des Ehemanns unbekümmerte Miene bemerkte.

Im Wagen ließen sie zuerst eine Zeit wortlos verstreichen. Chaverny fühlte wohl, daß er schicklicherweise etwas sagen müsse, doch fiel ihm nichts ein. Julie ihrerseits beobachtete ein verzweiflungsvolles Schweigen. Er gähnte drei oder vier Mal so sehr, daß er sich selber darüber schämte, und beim letzten Male hielt er sich für verpflichtet, sich deswegen bei seiner Frau zu entschuldigen ... »Die Gesellschaft hat zu lange gedauert!« fügte er zu seiner Rechtfertigung hinzu. In dieser Bemerkung sah Julie nur die Absicht, die Abendgesellschaften ihrer Mutter zu bekritteln und ihr etwas Unangenehmes zu sagen. Seit langem hatte sie sich jedoch daran gewöhnt, jegliche Auseinandersetzung mit ihrem Manne zu vermeiden und verharrte deshalb in ihrem Schweigen.

Chaverny, der an diesem Abend in Plauderstimmung war, fuhr nach zwei Minuten fort:

»Sehr gut hab' ich heute gegessen, muß Ihnen aber schon sagen, daß Ihrer Mutter Champagner zu süß ist.«

»Wie?« fragte Julie, die nachlässig den Kopf nach seiner Seite hinwandte und angeblich nichts verstanden hatte.

»Ich erwähnte, Ihrer Mutter Champagner sei zu süß. Ich hab' es ihr zu sagen vergessen. Es ist merkwürdig, aber man bildet sich ein, Champagner auszusuchen wäre so leicht; nun, nichts ist schwieriger als das! Zwanzig Champagnersorten gibt's, die alle schlecht sind, und nur eine ist gut.«

»Ach!«

Und nachdem Julie diese Interjektion der Höflichkeit gegönnt hatte, wandte sie ihren Kopf und schaute durch den Vorhang auf ihrer Seite. Chaverny legte sich zurück und stemmte die Füße gegen das vordere Wagenkissen, etwas verstimmt, daß seine Frau sich all seinen Bemühungen gegenüber, eine Unterhaltung anzuknüpfen, so ablehnend verhielt.

Nachdem er noch zwei oder drei Mal gegähnt hatte, fuhr er indessen, sich Julien nähernd, fort:

»Sie haben da ein Kleid an, das Ihnen entzückend steht, Julie. Wo haben Sie's gekauft?«

›Zweifellos will er seiner Geliebten ein ähnliches schenken‹, dachte Julie. »Bei Burry«, antwortete sie leicht lächelnd.

»Warum lachen Sie?« fragte Chaverny, seine Füße vom Kissen nehmend und noch näher rückend; gleichzeitig faßte er einen Ärmel ihres Kleides und hub an, ihn in scheinheiliger Weise zu küssen.

»Ich lache«, erwiderte Julie, »weil Ihnen mein Kleid auffällt. Nehmen Sie sich in Acht, Sie zerknittern meine Ärmel!« Und damit befreite sie ihren Ärmel aus Chavernys Hand.

»Ich versichere Sie, Ihrem Anzuge schenke ich stets große Aufmerksamkeit, und Ihren Geschmack bewundere ich ganz außerordentlich. Nein, auf Ehre, ich sprach neulich mit einer … Frau darüber, die sich schlecht anzieht, … obwohl sie schrecklich viel für ihren Anzug ausgibt … Sie dürfte sich zu Grunde richten … Ich sagte ihr … Ich erwähnte Sie …«

Julie freute sich über seine Verwirrung und suchte ihr durchaus nicht durch eine Unterbrechung ein Ende zu machen.

»Ihre Pferde sind schlecht, Sie laufen nicht! Ich muß sie Ihnen austauschen«, erklärte Chaverny völlig fassungslos.

Während des Restes der Fahrt wurde die Unterhaltung nicht lebhafter; über die Gegenantwort kam man auf beiden Seiten nicht hinaus.

Endlich kamen beide Gatten in der Rue ... an und trennten sich mit dem Gutenachtwunsch.

Julie begann sich auszukleiden, und ihre Kammerfrau war, ich weiß nicht aus welchem Grunde hinausgegangen, als sich ihre Schlafzimmertüre ziemlich ungestüm auftat und Chaverny eintrat. Julie verhüllte sich schnell die Schultern und »Verzeihung«, sagte er, »zum Einschlafen möcht' ich gern den letzten Scottband haben ... ist's nicht Quentin Durward?«

»Der muß bei Ihnen sein«, entgegnete Julie, »hier sind keine Bücher.« Chaverny betrachtete seine Frau in diesem für die Schönheit so vorteilhaften Negligé. Er fand sie, um mich eines jener von mir verabscheuten Ausdrücke zu bedienen, »pikant«. ›Wahrlich ein schönes Weib!‹ dachte er. Und blieb unbeweglich vor ihr stehen und hielt wortlos seine Kerze in der Hand. Julie stand ihm ebenso aufrecht gegenüber, zerknitterte ihre Nachthaube und wartete anscheinend ungeduldig, daß er sie allein lasse.

»Der Teufel soll mich holen, Sie sind reizend heute Abend!« rief Chaverny endlich. Er trat einen Schritt näher und setzte seine Kerze hin. »Wie gern ich die Frauen mit ungeordneten Haaren sehe!« Und also redend, ergriff er mit einer Hand die langen Haarflechten, die Julies Schultern bedeckten, und legte fast zärtlich einen Arm um ihre Hüften.

»Ach Gott! Sie riechen gräßlich nach Tabak!« rief Julie sich losmachend. »Lassen Sie meine Haare, Sie nehmen den Geruch an und dann werd' ich ihn nimmer los werden!«

»Bah, Sie sagen das nur so, weil Sie wissen, daß ich manchmal rauche. Sperren Sie sich doch nicht gar so sehr, mein Frauchen!«

Und sie konnte sich nicht schnell genug aus seinen Armen befreien, um einem Kusse zu entgehen, den er auf ihre Schulter drückte.

Zu Julies Glück trat ihre Kammerfrau ein; denn es gibt nichts Widerwärtigeres für eine Frau als Zärtlichkeiten, die zu verweigern fast ebenso lächerlich ist wie entgegenzunehmen.

»Marie«, sagte Frau von Chaverny, »die Taille meines blauen Kleides ist viel zu lang. Heute hab' ich Frau von Bégy gesehen, die stets auf's Geschmackvollste angezogen ist; sicherlich war ihre Taille zwei gute Finger kürzer. Kommen Sie und stecken Sie sie mal gleich mit Nadeln ab, damit wir sehn, wie sie dann wirkt!«

Hier entspann sich zwischen Kammerfrau und Herrin einer der anziehendsten Dialoge über die genaue Länge, die eine Taille haben muß. Julie wußte nur zu gut, daß Chaverny nichts verhaßter war als Modegeschwätz, und daß sie ihn damit in die Flucht jagte. Als Chaverny nach einem fünfminutenlangem Hin und Her sah, daß Julie nur mit ihrer Taille beschäftigt war, gähnte er denn auch schrecklich, nahm seine Kerze wieder und ging diesmal hinaus, um nicht wieder zu kommen.

3.

Major Perrin saß vor einem kleinen Tische und las aufmerksam. Sein tadellos gebürsteter Überrock, seine Dienstmütze, und vor allem die unbiegsame Straffheit seines Oberkörpers kündigten einen alten Militär an. Alles war proper in seinem Zimmer, aber von größter Einfachheit. Ein Tintenfaß und zwei fertig geschnittene Federn waren auf seinem Tische neben einem Schreibpapierblock, von welchem man seit mindestens einem Jahre nicht ein Blatt benutzt hatte. Wenn Major Perrin nicht schrieb, so las er dafür desto mehr. Jetzt las er die »Persischen Briefe« und rauchte seine Meerschaumpfeife dabei. Und diese beiden Beschäftigungen nahmen seine Aufmerksamkeit so völlig in Anspruch, daß er Major von Châteaufort, der mittlerweile in sein Zimmer eingetreten war, anfangs garnicht bemerkte. Châteaufort war ein junger Offizier seines Regiments von reizender Figur, ein recht liebenswürdiger, etwas geckenhafter, vom Kriegsminister sehr begünstigter Mann, mit einem Worte, in jeder Beziehung fast das Gegenteil von Major

Perrin. Indessen waren sie – warum weiß ich nicht – Freunde und sahen sich täglich.

Châteaufort klopfte Major Perrin auf die Schulter. Der wandte den Kopf, ohne seine Pfeife fahren zu lassen. Sein erster Gesichtsausdruck angesichts des Freundes war ein freudiger, der zweite ein bedauernder, weil er – der biedere Mann! – sein Buch im Stich lassen mußte. Der dritte zeigte an, daß er einen Entschluß gefaßt hatte und nach bestem Vermögen den Wirt machen wollte. Er kramte in seiner Tasche und suchte einen Schlüssel, der an einen Schrank paßte, worin eine kostbare Kiste Zigarren eingeschlossen war, die der Major nicht selber rauchte und stückweise seinem Freunde verehrte. Châteaufort aber, der ihn hundert Mal die nämliche Geste hatte beschreiben sehen, rief: »Aber so bleiben Sie doch, Papa Perrin, heben Sie Ihre Zigarren auf, ich hab' welche bei mir!« Dann entnahm er einer eleganten mexikanischen Strohtasche eine zimmetfarbene, an beiden Enden dünner werdende Zigarre, steckte sie an und streckte sich auf einem kleinen Sofa aus, das der Major nie benutzte. Unter den Kopf hatte er ein Kissen geschoben, die Beine auf die entgegengesetzte Lehne gelegt. Châteaufort begann sich in eine Rauchwolke einzuhüllen, während er mit geschlossenen Augen tief über das, was er zu sagen hatte, nachzudenken schien. Sein Gesicht strahlte vor Freude, und er konnte scheints nur mit Mühe ein Geheimnis in seiner Brust wahren, das erraten zu lassen er vor Lust brannte. Major Perrin schob seinen Stuhl dem Sofa gegenüber und rauchte einige Zeit, ohne etwas verlauten zu lassen; doch da Châteaufort es mit Reden nicht eilig hatte, sagte er zu ihm: »Wie geht's Urika?«

Es handelte sich um eine Rappstute, die Châteaufort etwas überanstrengt hatte und die herzschlächtig zu werden drohte.

»Sehr gut«, antwortete Châteaufort, welcher die Frage überhört hatte.

»Perrin!« rief er, das Bein, welches auf der Sofalehne lag, nach ihm ausstreckend, »wissen Sie, daß Sie glücklich sein können, mich zum Freunde zu haben?«

Der alte Major dachte bei sich selber über die Vorteile nach, die Châteauforts Bekanntschaft ihm eingebracht hatte, und fand nicht viel mehr als die Spende von einigen Pfund Knaster und etwelchen Tagen Arrest, die er sich zugezogen hatte, weil er an einem Zweikampfe beteiligt gewesen war, in welchem Châteaufort die erste Rolle gespielt. Sein Freund schenkte ihm freilich oft sein Vertrauen. Stets wandte sich Châteaufort an ihn, um sich von ihm vertreten zu lassen, wenn er Dienst hatte oder eines Sekundanten bedurfte.

Châteaufort ließ ihn nicht lange nachdenken und reichte ihm einen kleinen Brief hin. Mit einer hübschen, spinnenbeinigen Schrift war der auf satiniertes englisches Papier geschrieben. Major Perrin zog eine Fratze, die bei ihm ein Lächeln vorstellte. Häufig hatte er solch satinierte und mit Spinnenbeinen an seinen Freund gerichteten Briefe gesehen.

»Hier«, sagte er zu ihm, »lesen Sie. Mir verdanken Sie das.«

Folgendes las Perrin:

»Es wäre sehr liebenswürdig, mein lieber Herr, wenn Sie zum Mittagessen zu uns kämen. Herr von Chaverny würde Sie persönlich eingeladen haben, mußte aber an einer Jagdpartie teilnehmen. Die Adresse des Herrn Major Perrin ist mir nicht bekannt, ich kann ihn daher nicht bitten, Sie zu begleiten. Sie haben mich so neugierig gemacht, ihn kennen zu lernen, daß ich Ihnen doppelt verbunden sein würde, wenn Sie ihn zu uns brächten.

Julie von Chaverny.

P.S. Ich habe Ihnen vielmals für die Noten zu danken, die Sie sich die Mühe gemacht haben für mich abzuschreiben. Die Musik ist entzückend, immer muß man Ihren Geschmack bewundern. Sie kommen nicht mehr zu unseren Donnerstagen, obwohl Sie wissen, wie gern wir Sie bei uns sehen.«

»Eine hübsche, aber recht feine Handschrift«, sagte Perrin, als er zu Ende war. »Doch, zum Teufel, Ihr Dîner wird mich langweilen; denn man muß Seidenstrümpfe anziehn und darf nach dem Essen nicht rauchen!«

»Ein schönes Unglück wahrlich! Der hübschesten Frau in Paris eine Pfeife vorziehn! ... Ihre Undankbarkeit muß ich wirklich bewundern. Sie bedanken sich ja nicht für das Glück, das Sie mir schulden.«

»Ihnen danken! Für dies Dîner hab' ich Ihnen doch nicht verbunden zu sein ... wenn man schon jemandem verbunden sein muß.«

»Wem denn?«

»Chaverny, der Rittmeister bei uns gewesen ist. Er wird zu seiner Frau gesagt haben: Lade Perrin ein, 's ist ein guter Teufel ... Wie können Sie glauben, daß eine hübsche Frau, die ich nur ein Mal gesehen, daran denkt, einen Gamaschenmenschen wie mich einzuladen?«

Châteaufort lächelte, indem er sich in dem sehr schmalen Spiegel betrachtete, der des Majors Zimmer schmückte.

»Gar keinen Scharfsinn entwickeln Sie heute, Papa Perrin. Lesen Sie mir das Briefchen noch einmal vor, und Sie werden vielleicht etwas darin finden, das Sie nicht gesehen haben.«

Der Major wandte das Billet hin und her und sah nichts.

»Wie, alter Dragoner!«, rief Châteaufort, »Sie sehen nicht, daß sie Sie einladet, um mir nicht nur zu meiner Freude zu zeigen, daß sie meine Freunde schätzt, sondern daß sie mir auch beweisen will ... daß ...«

»Was?«, unterbrach Perrin.

»Sie wissen schon ... was!«

»Daß sie Sie liebt?« fragte der Major mit zweifelhafter Miene.

Châteaufort pfiff, ohne zu antworten.

»Sie ist also verliebt in Sie?«

Châteaufort pfiff weiter.

»Hat's Ihnen gesagt?«

»Aber das ... sieht man doch, scheint mir.«

»Wo? ... In diesem Briefe?«

»Zweifelsohne.«

Jetzt war's an Perrin, zu pfeifen. Sein Pfiff war ebenso bezeichnend wie der berühmte »Lillibulero« meines Onkel Toby.

»Wie!« schrie Châteaufort, Perrins Händen den Brief entreißend, »sehen Sie denn nicht all die Zärtlichkeiten ... ja, Zärtlichkeiten, die darin stehen? Was sagen Sie zu dem: ›Lieber Herr‹? Merken Sie wohl, daß sie mir in einem andern Billet ganz kurz: ›Mein Herr‹ schrieb. ›Ich würde Ihnen doppelt verbunden sein‹, das ist doch ganz deutlich. Und schauen Sie, da gibts ein hinterher ausgestrichenes Wort: tausend hieß es; sie wollte ›tausend freundschaftliche Grüße‹ schreiben, hat's aber nicht gewagt. ›Tausend Komplimente‹ war nicht genug ... Sie hat ihr Briefchen nicht zu Ende geschrieben ... O, mein alter Knabe! Wollen Sie etwa, daß eine Dame der Gesellschaft wie Frau von Chaverny sich Ihrem Diener an den Kopf wirft, wie's eine kleine Grisette tun würde? ... Ich aber sage Ihnen, ihr Brief ist reizend, und blind muß man sein, wenn man nichts von Liebe darin entdeckt ... Und die Vorwürfe am Schluß, weil ich an einem einzigen Donnerstage gefehlt, was sagen Sie zu denen?«

»Arme, kleine Frau«, rief Perrin, »verlieb' dich nicht in den da, du würdest es sehr schnell bereuen!«

Châteaufort achtete nicht auf seines Freundes Prosopopöe; doch sagte er mit leiser und einschmeichelnder Stimme: »Wissen Sie, mein Lieber, daß Sie mir einen großen Dienst leisten könnten?«

»Wie?«

»Sie müssen mir in der Sache helfen. Ich weiß, daß ihr Gatte schlecht zu ihr paßt ... Ist ein Tier, das sie unglücklich macht ... Sie haben ihn ja gekannt, Perrin; sagen Sie seiner Frau doch, daß er ein Rohling ist, ein Mann, der im schlechtesten Rufe steht ...«

»O ...«

»Ein Bruder Liederlich ... Sie wissen es ja ... Er hatte Geliebte, als er im Regimente stand; und was für Geliebte! Sagen Sie all das seiner Frau.«

»O! Wie das sagen? Zwischen Tür und Angel?«

»Mein Gott! Man kann alles sagen! ... Vor allem, reden Sie gut von mir.«

»Das ist schon leichter. Dennoch ...«

»Nicht so leicht, hören Sie; denn, wenn ich Sie reden ließe, würden Sie mich so herausstreichen, daß es meiner Sache nicht dienen möchte ... Sagen Sie ihr, Sie bemerkten ›seit einiger Zeit‹, daß ich traurig wäre, nicht mehr spräche, nicht mehr äße ...«

»Donnerwetter!« schrie Perrin mit einem breiten Lachen, das seine Pfeife die lächerlichsten Sprünge machen ließ, »nie werd' ich das Frau von Chaverny ins Gesicht sagen können. Gestern Abend noch hat man Sie nach dem Diner, das uns die Kameraden gegeben haben, fast nach Hause schleifen müssen.«

»Mag sein, aber das braucht man ihr nicht zu erzählen. Gut ist, wenn sie weiß, daß ich verliebt in sie sei; und die Romanfabrikanten haben den Weibern eingeredet, daß ein Mann, der ißt und trinkt, nicht verliebt sein kann.«

»Ich für meine Person kenne nichts, was mich Essen und Trinken vergessen macht.«

»Nun, mein lieber Perrin«, sagte Châteaufort, seine Mütze aufsetzend und seine Locken ordnend, »das ist abgemacht; nächsten Donnerstag hol' ich Sie ab; niedrige Schuhe und seidene Strümpfe und Galauniform! Vergessen Sie vor allen Dingen nicht, den Ehemann anzuschwärzen und viel Gutes von mir zu erzählen.«

Seine Gerte mit großer Grazie schwingend, ging er fort und ließ Major Perrin stark beschäftigt mit der eben erhaltenen Einladung zurück; noch verwirrter wurde der, als er an die seidenen Strümpfe und die Galauniform dachte.

4.

Da mehrere der bei Frau von Chaverny eingeladenen Personen abgesagt hatten, verlief das Diner etwas stimmungslos. Aufmerksam und liebenswürdig wie gewöhnlich saß Châteaufort an Julies Seite und war eifrig bestrebt, sie zu bedienen. Chaverny, der am Morgen einen langen Spazierritt getan hatte, entwickelte einen wunderbaren Appetit. Er aß und trank, daß die kränksten Leute Hunger bekommen mußten. Major Perrin tat mit und war bemüht, die Gläser stets nachzufüllen. Seines Wirtes plumper Mutwille gab ihm oft Gelegenheit zu lachen, daß der Tisch wackelte. Chaverny, der sich wieder mit Militärs zusammen sah, hatte sofort gute Laune bekommen und seine Regimentsmanieren aufgefrischt; überdies war er niemals sehr zartfühlend in der Wahl seiner Späße gewesen. Bei jedem unpassenden Ausbruche steckte seine Frau eine kühl-verächtliche Miene auf, wandte sich dann nach Châteauforts Seite und redete auf ihn ein, damit es so aussähe, als ob sie eine Unterhaltung, die ihr durchaus mißfiel, nicht höre.

Eine Probe der Urbanität des musterhaften Ehemanns: Gegen das Ende des Diners war die Unterhaltung bei der Oper angelangt, man stritt sich über den relativen Wert mehrerer Tänzerinnen. Châteaufort stellte Fräulein X. hoch über die andern und lobte vor allem ihre Anmut, ihren Wuchs, ihr dezentes Aussehen. Dieses Dämchen war Perrin, der einige Tage vorher erstmals die Oper besucht hatte, in lebhafter Erinnerung geblieben.

»War das die Kleine in Rosa«, fragte er, »die wie ein Zicklein sprang? ... Welche die hübschen Beine hat, von denen Sie laut sprachen, Châteaufort?«

»Ach, Sie sprechen von ihren Beinen!« rief Chaverny. »Wissen Sie auch, daß, wenn Sie zu laut davon reden, mit Ihrem General, dem Herzog von J..., Streit kriegen werden? Nehmen Sie sich in Acht, Kamerad!«

»Ich halte ihn aber nicht für so eifersüchtig, daß er einem verbietet, sie durch ein Glas zu betrachten.«

»Im Gegenteil; denn er ist ja auch sehr stolz darauf, sie entdeckt zu haben. Was sagen Sie dazu, Major Perrin?«

»Ich kenne mich nur in Pferdebeinen gut aus«, antwortete der alte Soldat bescheiden.

»Sie sind wahrlich wunderbar«, fuhr Chaverny fort, »und es gibt keine schöneren in Paris, außer denen ...« Er hielt inne und hub an, seinen Schnurrbart mit martialischer Miene zu streichen, indem er seine Frau anblickte, die sofort bis auf die Schultern errötete.

»Außer denen von Fräulein D...?« unterbrach Châteaufort, eine andere Tänzerin nennend.

»Nein«, erwiderte Chaverny in tragischem Hamletton, »doch seht mein Weib an!« Purpurrot wurde Julie vor Empörung. Sie warf ihrem Manne einen blitzschnellen Blick zu, in welchem Wut und Verachtung geschrieben standen. Dann bezwang sie sich mühsam und wandte sich plötzlich an Châteaufort: »Wir müssen das Duett aus Maometto einstudieren!« Mit leise zitternder Stimme fuhr sie fort: »Es dürfte Ihnen prachtvoll liegen.«

Chaverny war nicht leicht aus der Fassung zu bringen.

»Wissen Sie, Châteaufort«, plauderte er weiter, »wissen Sie, daß ich die Beine, von denen ich rede, früher nachbilden zu lassen beabsichtigte? Niemals aber hat man's zugeben wollen.«

Châteaufort hatte eine lebhafte Freude an solch einer impertinenten Enthüllung, tat aber, als ob er nichts gehört hätte und sprach mit Frau von Chaverny über »Maometto«.

»Besagte Person«, fuhr der unerbittliche Ehemann fort, »nahm gewöhnlich Anstoß daran, wenn man ihr hinsichtlich dieses Artikels Gerechtigkeit widerfahren ließ; im Grunde aber war sie nicht ärgerlich darüber. Wissen Sie, daß sie sich von ihrem Strumpfhändler Maß nehmen ließ? … Liebe Frau, ärgere Dich nicht, Strumpfhändlerin, wollte ich sagen. Und als ich in Brüssel war, hab' ich drei Bogen von ihrer Schrift mit eingehendsten Instruktionen für Strumpfkäufe mitgenommen.«

Er hatte aber gut reden, Julie war entschlossen, nichts zu verstehen. Sie plauderte mit Châteaufort und redete mit affektierter Munterkeit mit ihm; ihr anmutiges Lächeln suchte ihn zu überzeugen, daß sie nur ihm zuhöre. Châteaufort seinerseits schien sich völlig dem »Maometto« zu widmen, ließ sich aber keine von Chavernys Impertinenzen entgehen.

Nach dem Essen machte man Musik und Frau von Chaverny sang am Klavier mit Châteaufort. Chaverny verschwand im Momente, wo das Klavier geöffnet ward. Mehrere Besucher kamen, was Châteaufort aber nicht hinderte, recht häufig leise mit Julie zu reden. Beim Fortgehen erklärte er Perrin, der Abend sei kein verlorener gewesen, und seine Angelegenheiten machten sich.

Perrin fand es ganz harmlos, daß ein Mann von den Beinen seiner Frau sprach. Auch sagte er zu Châteaufort, als er allein mit ihm auf der Straße war, im Brustton der Überzeugung:

»Wie können Sie so herzlos sein und solch eine glückliche Ehe stören! Er liebt seine kleine Frau doch so!«

5.

Seit mehr als einem Monat war Chaverny ausschließlich mit dem Gedanken beschäftigt, Kammerherr werden zu wollen.

Man wird's vielleicht seltsam finden, daß ein dicker, fauler und seine Bequemlichkeit liebender Mann von Ehrgeizregungen gepackt wurde; er entbehrte aber der guten Gründe nicht, um seine zu rechtfertigen.

»Erstens«, sagte er zu seinen Freunden, »geb ich viel Geld für Logen aus, die ich Frauen verehre. Wenn ich eine Hofcharge bekleiden würde, könnte ich, ohne daß es mich einen Pfennig kostet, soviele Logen haben, wie ich wollte. Und was Logen einem alles einbringen, das weiß man ja. Überdies gehe ich gern auf die Jagd; die königlichen Jagden stehen mir dann offen. Schließlich weiß ich jetzt, wo ich keine Uniform mehr trage, nicht, was ich anziehen soll, um auf die Bälle der Königin zu gehn; die Marquiskleider liebe ich nicht, ein Kammerherrnanzug würde mir vorzüglich stehn.«

Infolgedessen betrieb er die Sache. Gern hätte er es gesehen, daß seine Frau es auch getan hätte, doch sie hatte sich hartnäckig geweigert, obwohl sie mehrere sehr einflußreiche Freundinnen besaß. Da er dem Herzoge von H..., der damals sehr gut bei Hofe angeschrieben stand, einige kleine Dienste geleistet, erhoffte er sich viel von seinem Kredit. Sein Freund Châteaufort, der auch etwelche gute Bekannte hatte, diente ihm mit einem Eifer und einer Ergebenheit, wie sie euch vielleicht gezeigt wird, wenn ihr Gatte einer hübschen Frau seid.

Ein Umstand brachte Chavernys Angelegenheiten tüchtig voran, obwohl seine Konsequenzen furchtbar für ihn sein konnten. Nicht ohne einige Mühen hatte Frau von Chaverny sich für eine bestimmte Erstaufführung eine Opernloge verschafft. Die Loge enthielt sechs Plätze. Ungewohnterweise und nach langen Vorstellungen hatte ihr Mann sich bereit erklärt, sie zu begleiten. Nun, Julie wollte Châteaufort einen Platz anbieten, und da sie fühlte, daß sie nicht allein mit ihm in die Oper gehen konnte, hatte sie ihren Mann verpflichtet, die Vorstellung anzuhören.

Gleich nach dem ersten Akt ging Chaverny hinaus und ließ seine Frau mit seinem Freunde unter vier Augen. Mit etwas bedrückter Miene wahrten beide zuerst Schweigen. Julie, weil sie selber seit einiger Zeit verwirrt war, wenn sie sich mit Châteaufort allein befand; dieser, weil er seine Pläne hatte, und es für schicklich hielt, aufgeregt zu erscheinen. Als er verstohlen einen Blick in den Saal warf, sah er voll Freude die Gläser mehrerer Bekannten auf seine Loge gerichtet. Eine lebhafte Genugtuung empfand er bei dem Gedanken, daß viele seiner Freunde ihn um sein Glück beneideten und es allem Anscheine nach für viel größer hielten, als es in Wirklichkeit war.

Nachdem Julie wiederholt an ihrem Parfümfläschchen und ihrem Strauße gerochen hatte, redete sie von der Hitze, dem Stück, den Toiletten. Zerstreut hörte Châteaufort zu, seufzte, rückte auf seinem Stuhle hin und her, sah Julien an und seufzte nochmals. Julie fing an unruhig zu werden. Plötzlich rief er:

»Wie sehr sehne ich mich nach der Ritterzeit zurück!« – »Ritterzeit! Warum denn?« fragte Julie. »Sicherlich, weil ein mittelalterliches Kostüm Ihnen gut stehen würde?«

»Sie halten mich für recht geckenhaft!« sagte er mit einem bitteren und traurigen Tone. »Nein, ich sehne mich nach der Zeit zurück, ... weil ein Mann, der sein Herz fühlt, ... damals auf ... vielerlei ... hoffen durfte ... Kurz, es handelte sich nur darum, einen Riesen mit einem Hiebe zu durchspalten, um einer Dame zu gefallen ... Halt, sehen Sie den Koloß da auf dem Balkon? Ich wollte, Sie heischten von mir, ihm seinen Schnurrbart abzufordern ... um mir dann die Erlaubnis zu geben, Ihnen, ohne Sie verdrießlich zu machen, drei kleine Worte zu sagen!«

»Welch eine Narrheit!« rief Julie, bis ins Weiße der Augen errötend, denn sie erriet die drei Wörtchen bereits ... »Aber sehen Sie doch Frau von Sainte-Hermine: in ihrem Alter dekolletiert und im Ballkleid!«

»Ich sehe nur eine Sache, nämlich, daß Sie mich nicht verstehen wollen; und seit langem bemerke ich das ... Sie wünschen's, ich schweige; aber ...« fügte er ganz leise und seufzend hinzu: »Sie haben mich verstanden ...!«

»Nein, wahrlich nicht«, antwortete Julie trocken. »Aber wohin ist mein Mann gegangen?«

Ein Besuch kam sehr gelegen, um sie aus der Verlegenheit zu befreien. Châteaufort tat seinen Mund nicht auf. Er war bleich und schien tief erregt zu sein. Als der Besucher fortging, machte er einige gleichgültige Bemerkungen über das Stück. Zeitweilig herrschte ein langes Schweigen zwischen ihnen.

Der zweite Akt sollte beginnen, als sich die Logentür auftat und Chaverny erschien. Er führte eine sehr hübsche und sehr geschmückte Dame, die prachtvolle rosa Federn im Haare trug. Der Herzog von H... folgte ihm.

»Liebe Freundin«, sagte er zu seiner Frau, »ich habe den Herrn Herzog und die gnädige Frau in einer gräßlichen Seitenloge gefunden, von wo aus man die Dekorationen nicht sehen kann. Sie möchten gern einen Platz in unserer haben.«

Julie verneigte sich kühl; der Herzog von H... mißfiel ihr. Der Herzog und die Dame mit den rosa Federn ergingen sich in Entschuldigungen und fürchteten, sie zu stören. Es entstand eine Bewegung und ein Edelmutstreit wegen der Plätze. Während des folgenden Durcheinander beugte Châteaufort sich zu Julies Ohr und sagte sehr schnell und sehr leise zu ihr:

»Um Gotteswillen, setzen Sie sich nicht vorn in die Loge!«

Julie war sehr erstaunt und blieb auf ihrem Platze. Als alle saßen, wandte sie sich an Châteaufort und fragte ihn mit einem etwas strengen Blicke nach der Erklärung dieses Rätsels. Mit steifem Halse, zusammengepreßten Lippen saß er da und seine ganze Haltung deutete darauf hin, daß er sich furchtbar ärgere. Als sie darüber nachdachte, legte sie Châteauforts Aufforderung ziemlich falsch aus. Sie glaubte, er wolle während der Aufführung leise mit ihr sprechen und seine seltsamen Reden fortsetzen, was er unmöglich konnte, wenn sie vorn saß. Als ihre Blicke durch den Saal flogen, bemerkte sie, daß mehrere Frauen ihre Gläser nach ihrer Loge richteten; aber das geschieht ja immer, wenn ein neues Gesicht auftaucht. – Man flüsterte, lächelte; doch was gab's denn Außergewöhnliches? Man ist so kleinstädtisch in der Oper!

Die unbekannte Dame beugte sich zu Julies Strauß herunter und sagte mit einem reizenden Lächeln:

»Sie haben da ein wundervolles Bukett, gnädige Frau! Ganz gewiß hat es zu dieser Jahreszeit sehr viel Geld kosten müssen; mindestens zehn Franken. Aber Sie haben's bekommen! Ein Geschenk zweifelsohne? Damen kaufen ja ihre Sträuße nie.«

Julie machte große Augen und wußte nicht, mit was für einer Provinzlerin sie zusammen saß.

»Herzog«, sagte die Dame schmachtend, »Sie haben mir keinen Strauß geschenkt!« Chaverny stürzte nach der Tür. Der Herzog wollte ihn zurückhalten, die Dame ebenfalls, sie trug kein Verlangen mehr nach einem Bukett ... Julie wechselte einen Blick mit Châteaufort. Er wollte sagen: Ich danke Ihnen, aber es ist zu spät. – Dennoch hatte sie noch nicht richtig geraten.

Während der ganzen Vorstellung trommelte die Federdame den falschen Takt und redete das ungereimteste Zeug. Sie fragte Julie nach dem Preise ihres Kleides, ihres Schmuckes, ihrer Pferde. Nie hatte Julie ähnliche Manieren gesehen. Sie schloß daraus, die Unbekannte müsse eine Verwandte des Herzogs sein, die frisch aus der Niederbretagne hergeschneit sei. Als Chaverny mit einem ungeheurem Strauße zurückkam, der sehr viel schöner war als der seiner Frau, gab's endlose Bewunderung, Danksagungen und Entschuldigungen.

»Ich bin nicht undankbar, Herr von Chaverny«, sagte die mutmaßliche Provinzlerin nach einer langen Tirade, »um es zu beweisen, ›Laßt's mich bedenken, euch was zu versprechen‹, wie Potier sagt. Wahrlich, ich will Ihnen eine Börse sticken, wenn ich die dem Herzog versprochene fertig habe.«

Endlich war die Oper zu Julies großer Zufriedenheit aus, denn neben dieser seltsamen Nachbarin fühlte sie sich bedrückt. Der Herzog bot ihr den Arm, Chaverny nahm den der anderen Dame. Mit finsterer Mine schritt Châteaufort mißvergnügt hinter Julie drein und grüßte die Leute seiner Bekanntschaft, welchen er auf der Treppe begegnete, mit gezwungener Miene.

Einige Frauen gingen an ihnen vorbei. Ein junger Mann sprach leise und kichernd mit ihnen; mit lebhaftester Neugier blickten sie

Chaverny und seine Frau sofort an, und eine von ihnen rief: »Ist's möglich!«

Des Herzogs Wagen erschien; er grüßte Frau von Chaverny, indem er ihr voller Eifer nochmals für ihre Gefälligkeit dankte. Währenddessen wollte Chaverny die unbekannte Dame bis an des Herzogs Wagen führen, und Julie und Châteaufort blieben einen Augenblick allein.

»Wer war denn die Frau?« fragte Julie.

»Ich darf es Ihnen nicht sagen, ... denn das ist sehr ungewöhnlich!«

»Wie?«

»Übrigens werden alle Leute, die Sie kennen, wissen, woran sie sich zu halten haben ... Aber Chaverny! ... Nimmer hätt' ich ihm das zugetraut!«

»Aber was ist denn los? Um Himmelswillen reden Sie doch! Wer ist die Frau?« Chaverny kam zurück. Mit leiser Stimme antwortete Châteaufort:

»Die Geliebte des Herzogs von H..., Frau Melanie R...«

»Lieber Gott!« rief Julie aufs höchste erstaunt, »das ist unmöglich!«

Châteaufort zuckte die Achseln und fügte, sie an ihren Wagen führend, hinzu: »Das sagten die Damen, die uns auf der Treppe begegneten. Übrigens ist sie in ihrer Art eine anständige Frau. Man macht ihr den Hof, ist aufmerksam gegen sie ... Sie hat sogar einen Ehemann.«

»Liebe Freundin«, sagte Chaverny munter, »Sie haben mich für den Nachhauseweg nicht nötig. Gute Nacht. Ich will beim Herzog soupieren.«

Julie antwortete nichts.

»Châteaufort«, fuhr Chaverny fort, »wollen Sie mit mir zum Herzog kommen? Sie sind eingeladen, man hat's mir eben gesagt, man hat Sie gesehn. Sie haben gefallen, lieber Junge!«

Châteaufort dankte kühl. Er grüßte Frau von Chaverny, die vor Wut in ihr Taschentuch biß, als ihr Wagen fortfuhr.

»Nun, mein Lieber«, sagte Chaverny, »so fahren Sie mich wenigstens in Ihrem Kabriolett bis an die Tür dieser Infantin!«

»Gern«, antwortete Châteaufort fröhlich, »doch wissen Sie übrigens, daß Ihre Frau schließlich begriffen hat, an wessen Seite sie saß?«

»Unmöglich.«

»Seien Sie ganz sicher; und das war nicht hübsch von Ihnen!«

»Bah! Sie weiß sich gut zu benehmen; und dann kennt man sie auch noch nicht genau. Der Herzog führt sie überall hin.«

6.

Frau von Chaverny verbrachte eine sehr erregte Nacht. Ihres Mannes Aufführung in der Oper setzte all seinen Unschicklichkeiten die Krone auf und schien eine sofortige Trennung zu fordern. Am folgenden Morgen wollte sie eine Auseinandersetzung mit ihm haben und ihm ihren Entschluß mitteilen, nicht mehr unter einem Dache mit einem Manne leben zu wollen, der sie in so grausamer Weise bloßgestellt hätte. Dennoch schreckte sie vor solch einer Auseinandersetzung zurück. Niemals hatte sie mit ihrem Gatten ein ernsthaftes Gespräch geführt. Bislang hatte sie ihre Unzufriedenheit nur durch üble Launen kundgetan, denen Chaverny keine Beachtung schenkte; denn, da er seiner Frau völlige Freiheit ließ, würde es ihm niemals eingefallen sein zu glauben, daß sie ihm die Duldsamkeit verweigern würde, die ihr gegenüber anzuwenden er nötigenfalls gewillt war. Vor allem fürchtete sie mitten in dieser Auseinandersetzung zu weinen, und daß Chaverny solche Tränen einer verletzten Liebe zuschreiben möchte. Jetzt bedauerte sie lebhaft die Abwesenheit ihrer Mutter, die ihr einen guten Rat hätte geben oder es übernehmen können, die Trennungsabsicht mitzuteilen. All diese Erwägungen machten sie sehr unsicher, und als sie einschlief, hatte sie den Entschluß gefaßt, eine ihrer verheirateten Freundinnen, die sie seit früher Jugend kannte, um Rat zu fragen, und es ihrer Klugheit anheimzustellen, wie sie sich hinsichtlich Chavernys benehmen sollte.

Als sie sich völlig ihrer Empörung überließ, hatte sie es nicht hindern können, unwillkürlich eine Parallele zwischen ihrem Manne und Châteaufort zu ziehen. Des ersteren unglaubliche Taktlosigkeit hob des zweiten Zartgefühl hervor, und mit gewisser Freude, die sie sich immerhin aber zum Vorwurf machte, merkte sie, daß der Liebhaber mehr um ihren guten Ruf besorgt war als ihr Gatte. Wider ihren

Willen ließ dieser moralische Vergleich sie Châteauforts anziehende Manieren und Chavernys wenig vornehme Haltung feststellen. Sie sah ihren Ehemann mit seinem etwas gewölbten Bauch, wie er bei des Herzogs von H... Geliebten plump den Zuvorkommenden spielte, während Châteaufort, noch ehrerbietiger als sonst, die Hochachtung um sie her, um die ihr Mann sie bringen konnte, aufrechtzuerhalten suchte. Da unsere Gedanken uns ohne unsere Absicht vorwärts reißen, stellte sie sich mehr als einmal vor, daß sie Witwe werden und, da sie jung und reich war, sich dem nichts widersetzen könne, daß sie des jungen Escadronschefs beständige Liebe legitim kröne. Ein unglücklicher Versuch folgerte nicht gegen die Ehe, und wenn Châteauforts Zuneigung echt war ... Dann aber jagte sie sich diese Gedanken, über die sie errötete, aus dem Kopfe und nahm sich vor, in ihren Beziehungen zu ihm mehr Zurückhaltung denn je zu beobachten.

Mit starken Kopfschmerzen wachte sie auf und eine entscheidende Auseinandersetzung lag ihr noch ferner als am Vorabend. Aus Furcht vor einer Begegnung mit ihrem Manne wollte sie nicht hinuntergehn, ließ sich den Tee in ihr Gemach bringen und bestellte ihren Wagen, um zu Frau Lambert zu fahren, jener Freundin, die sie um Rat zu fragen gedachte.

Beim Frühstück schlug sie eine Zeitung auf. Der erste Artikel, der ihr in die Augen fiel, lautete folgendermaßen:

»Herr Darcy, erster Gesandtschaftssekretär Frankreichs in Konstantinopel, ist gestern Abend mit Depeschen in Paris eingetroffen. Sogleich nach seiner Ankunft hat der junge Diplomat eine lange Konferenz mit Seiner Exzellenz dem Herrn Minister der auswärtigen Angelegenheiten gehabt.«

»Darcy ist in Paris!« rief sie. »Gern werd' ich ihn wiedersehn. Ob er sich verändert hat? Sehr steif geworden ist? ... Der junge Diplomat! – Darcy, junger Diplomat!« Sie konnte nicht umhin, ganz allein bei dem Worte »Junger Diplomat« zu lachen.

Dieser Darcy hatte früher eifrig Frau von Lussans Abendgesellschaften besucht; war damals Attaché im Ministerium für auswärtige Angelegenheiten. Einige Zeit vor Julies Verheiratung hatte er Paris verlassen, und seit dem hatte sie ihn nicht wiedergesehn. Nur erfahren, daß er viel herumgekommen und schnell befördert worden war.

Sie hielt die Zeitung noch in der Hand, als ihr Mann eintrat. Herrlich schien er gelaunt zu sein. Bei seinem Anblick stand sie auf, um hinauszugehen. Da sie aber ganz nahe an ihm hätte vorbeigehn müssen, um ihren Ankleideraum zu betreten, verharrte sie aufrecht auf dem nämlichen Platze. Doch war sie so erregt, daß ihre Hand, die sich auf den Teetisch stützte, das Porzellangeschirr merklich zittern machte.

»Liebe Freundin«, sagte Chaverny, »ich möchte Ihnen für mehrere Tage Lebewohl sagen. Ich will beim Herzoge von H... jagen. Muß Ihnen noch sagen, er ist entzückt über Ihre Gastfreundschaft von gestern Abend ... Meine Angelegenheit macht sich, und er hat mir versprochen, mich dem König in der wärmsten Weise zu empfehlen.«

Beim Zuhören wurde Julie abwechselnd blaß und rot.

»Herr Herzog von H... verdankt Ihnen das ...« sagte sie mit bebender Stimme.

»Für jemanden, der seine Frau in der skandalösesten Weise mit der Geliebten seines Beschützers bloßstellt, kann er doch auch nicht wenig tun!«

Dann machte sie eine verzweifelte Anstrengung, durchquerte das Zimmer mit majestätischem Schritte und trat in ihren Ankleideraum, dessen Tür sie heftig zumachte.

Einen Augenblick verharrte Chaverny mit gesenktem Kopf und verwirrter Miene. »Woher, zum Teufel, weiß sie das?« dachte er. »Doch schließlich, was macht's? Was geschehen ist, ist geschehn!« – Und da es nicht seine Gewohnheit war, sich mit einem unangenehmen Gedanken länger abzugeben, drehte er sich um sich selbst, nahm ein Stück Zucker aus der Zuckerdose und rief der eintretenden Kammerfrau mit vollem Munde zu:

»Sagen Sie meiner Frau, ich würde vier, fünf Tage beim Herzoge von H... bleiben und ihr Wild schicken!«

Nur noch an die Fasanen und Rehböcke denkend, die er schießen wollte, ging er fort.

7.

Mit verdoppeltem Zorn auf ihren Mann fuhr Julie nach P... Zur Fahrt nach des Herzogs von H... Schlosse hatte er die neue Kalesche genommen und seiner Frau einen anderen Wagen gelassen, der nach des Kutschers Behauptung reparaturbedürftig war.

Auf dem Wege bereitete sich Frau von Chaverny vor, wie sie Frau Lambert ihr Erlebnis erzählen sollte. Trotz ihres Kummers war sie der Befriedigung gegenüber, die jedem guten Erzähler eine gutberichtete Geschichte verschafft, nicht unempfindlich. Und sie bereitete sich auf ihre Erzählung vor, indem sie nach einem Anfang suchte, und bald auf die, bald auf jene Weise begann. Daraus ergab sich, daß sie ihres Ehemanns Unanständigkeiten von allen Gesichtspunkten aus betrachtete, und daß ihr Groll sich verhältnismäßig vermehrte.

Bekanntlich liegt P... mehr als vier Meilen fern von Paris und wie lang Frau von Chavernys Anklagerede auch war, kann selbst der erbittertste Haß begreiflicherweise nicht vier Meilen Wegs über den nämlichen Gedanken nachhängen. Mit den heftigen Gefühlen, die ihres Gatten Unrecht ihr einflößten, verbanden sich süße und schwermütige Gedanken dank jener seltsamen Fähigkeit des menschlichen Denkens, das häufig mit einer peinlichen Empfindung ein freundliches Bild verknüpft.

Die reine frische Luft, der schöne Sonnenschein, die sorglosen Gesichter der Vorübergehenden taten auch ein Übriges, um sie von ihren Haßgedanken abzuziehen. Sie erinnerte sich an ihre Kindheitsszenen und an Tage, wo sie mit jungen Leuten ihres Alters auf dem Lande gelustwandelt war. Sie sah ihre Klostergefährtinnen wieder; nahm an ihren Spielen teil, an ihren Mahlzeiten. Sie erklärte sich die geheimnisvollen vertraulichen Mitteilungen, bei denen sie die »Großen« überrascht, und konnte sich eines Lächelns nicht erwehren, wenn sie an tausend kleine Züge dachte, die den Instinkt der Gefallsucht so frühzeitig bei den Frauen verraten.

Dann vergegenwärtigte sie sich ihren Eintritt in die Welt. Von neuem tanzte sie auf den glänzendsten Bällen, die sie in dem Jahr mitgemacht hatte, welches ihrem Austritt aus dem Kloster folgte. Die anderen Bälle hatte sie vergessen; man wird so schnell blasiert, doch erinnerten sie jene Bälle an ihren Ehemann. »Wie dumm ich war!« sagte sie sich. »Wie habe ich nicht beim ersten Sehen bemerkt, daß ich unglücklich mit ihm würde?« All die auffallenden Ungleichförmigkeiten, all die Bräutigamsplattheiten, die der arme Chaverny ihr mit großem Aplomb einen Monat vor der Hochzeit auftischte, all das fand sich sorgsam aufgeschrieben und eingereiht in ihrem Gedächtnisse vor. Zur nämlichen Zeit konnte sie nicht umhin, an die zahlreichen Verehrer zu denken, die ihre Heirat in Verzweiflung gesetzt, und die sich darum nicht weniger verheiratet oder einige Monate später anderweitig getröstet hatten. – »Würde ich mit einem anderen wie ihm glücklich geworden sein?«, fragte sie sich. A… ist entschieden ein Dummkopf, aber nicht gefährlich, und Amelie lenkt ihn nach ihrem Willen. Mit einem Ehemann, der gefügig ist, kann man sich stets das Leben einrichten … B… hat Geliebte und seine Frau ist so gut und regt sich darüber auf. Übrigens ist er ihr gegenüber die Aufmerksamkeit selber, und … mehr würde ich ja nicht verlangen. Der junge Graf von G…, der immer Schmähschriften liest und sich so viel rasende Mühe gibt, eines Tages ein guter Deputierter zu werden, würde vielleicht einen guten Ehemann abgeben. Ja, aber all die Männer sind langweilig, häßlich, dumm … Als sie so alle jungen Leute an sich vorüberziehen ließ, die sie als junges Mädchen gekannt hatte, bot sich Darcys Name ihrem Geiste zum zweiten Male dar.

Früher war Darcy in Frau von Lussans Gesellschaft ein Mann gewesen, der nicht in Frage kam, denn man wußte, – die Mütter wußten, – daß sein Vermögen ihn nicht an ihre Töchter zu denken erlaubte. Für sie gab's nichts an ihm, was deren junge Köpfe verdrehen konnte. Überdies stand er im Rufe eines Ehrenmannes. Ein bißchen menschenfeindlich und spottsüchtig wie er war, gefiel er als einziger Mann inmitten eines Jungemädchenkreises sich darin, die Lächerlichkeiten und Ansprüche anderer junger Leute zu verspotten. Wenn er leise mit einem jungen Mädchen sprach, beunruhigten die Mütter sich nicht, denn ihre Töchter lachten ganz laut, und die Mütter derer, die schöne Zähne hatten, sagten sogar, Herr Darcy wäre sehr liebenswürdig.

Eine Übereinstimmung der Geschmacksrichtungen und die wechselseitige Furcht vor ihrer Schmähsucht hatten Julie und Darcy einander nähergebracht. Nach einigen Scharmützeln hatten sie einen Friedensvertrag geschlossen, einen Angriffs- und Verteidigungsbund; sie schonten sich gegenseitig und waren stets vereint, um ihren Bekannten alle Ehre zu erweisen.

Eines Abends hatte man Julie gebeten, ich weiß nicht welches Stück, zu singen. Sie besaß eine schöne Stimme und wußte es. Sich dem Pianino nähernd, sah sie die Frauen mit einer etwas stolzen Miene an, ehe sie sang, und, wie wenn sie sie herausfordern wollte. An diesem Abend nun beraubte sie eine Indisposition oder ein unglückliches Verhängnis fast aller ihrer Mittel. Der erste Ton, der aus dieser gewöhnlich so melodischen Kehle hervorkam, war entschieden falsch. Julie wurde verwirrt, sang ganz verkehrt, verdarb alle schönen Stellen; kurz, es gab ein großes Fiasko. Ganz verstört, den Tränen nahe, verließ Julie das Klavier. Als sie an ihren Platz zurückkehrte, konnte sie es nicht unterlassen, sich die boshafte Freude anzusehen, die ihre Gefährtinnen, wie sie ihren Stolz gedemütigt sahen, schlecht zu unterdrücken vermochten. Selbst die Männer schienen sich nur mit Mühe ein spöttisches Lächeln zu verkneifen. Vor Scham und Zorn schlug sie die Augen nieder und wagte sie einige Zeit nicht zu erheben. Als sie den Kopf wieder erhob, war Darcys das erste Freundesantlitz, das sie erblickte. Er war bleich und seine Augen zeigten Tränen; er schien gerührter über ihr Mißgeschick als sie selber es war. – »Er liebt mich«, dachte sie, »liebt mich wirklich!« Die Nacht schlief sie nicht, Darcys trauriges Gesicht stand ihr immer vor Augen. Zwei Tage lang dachte sie nur an ihn und die heimliche Liebe, die er zu ihr hegen mußte. Der Roman spann sich schon weiter, als Frau von Lussan Darcys Karte mit den drei Buchstaben: *p.p.c.* zu Hause vorfand. – »Wohin reist denn Herr Darcy?« fragte Julie einen jungen Mann, den sie kannte. »Wohin er geht? Wissen Sie das nicht? Nach Konstantinopel. Heute Nacht reist er als Kurier ab!«

»Er liebt mich also doch nicht!« dachte sie. Acht Tage später war Darcy vergessen. Darcy seinerseits, der damals romantisch war, konnte Julien acht Monate nicht vergessen. Um sie zu entschuldigen und den erstaunlichen Beständigkeitsunterschied zu rechtfertigen, muß man sich klar machen, daß er unter Barbaren lebte, während Julie in Paris von Verehrern und Vergnügungen umgeben war.

Wie dem auch sei, sechs oder sieben Jahre nach ihrer Trennung erinnerte sich Julie in ihrem Wagen, auf der Fahrt nach P... Darcys traurigen Gesichtsausdrucks an dem Abend, wo sie so schlecht sang; und dachte, wenn man's schon gestehen muß, an die wahrscheinliche Liebe, die er damals für sie hegte, vielleicht sogar an die Gefühle, die er noch bewahren konnte. Eine halbe Meile lang beschäftigte sie all das ziemlich lebhaft. Dann wurde Herr Darcy zum dritten Male vergessen.

8.

Julie ärgerte sich nicht wenig, als sie bei der Einfahrt in P... in Frau Lamberts Hofe einen Wagen sah, dessen Pferde ausgespannt wurden, was einen Besuch ankündigte, der sich hinziehen durfte. Unmöglich war es infolgedessen eine Diskussion über Beschwerden gegen Herrn von Chaverny zu eröffnen.

Als Julie den Salon betrat, war Frau Lambert mit einer Frau zusammen, der Julie in der Gesellschaft begegnet war, deren Namen sie aber kaum kannte. Sie mußte gegen sich selbst angehen, um den Ausdruck des Mißvergnügens zu verbergen, das sie der nutzlos unternommenen Fahrt nach P... wegen empfand.

»Ah, guten Tag, meine Liebste!« rief Frau Lambert, sie umarmend. »Wie freut es mich zu sehen, daß Sie mich nicht vergessen haben! Nicht gelegener könnten Sie kommen, denn ich erwarte heute wer weiß wie viele Leute, die alle Sie rasend lieben!«

Mit etwas gezwungener Miene antwortete Julie, daß sie Frau Lambert allein zu finden geglaubt habe.

»Entzückt werden sie sein, Sie zu sehn«, fuhr Frau Lambert fort. »Mein Haus ist so trist seit meiner Tochter Heirat, daß ich zu glücklich bin, wenn meine Freunde sich hier gern ein Stelldichein geben wollen.

Aber, liebes Kind, was haben Sie mit Ihren schönen Farben angefangen? Ganz blaß find' ich Sie heute!«

Julie erfand eine kleine Lüge: die Länge der Fahrt ... der Staub ... die Sonne ... »Gerade heute hab' ich einen Ihrer Anbeter zum Essen da, dem ich eine angenehme Überraschung bereiten werde, Herrn von Châteaufort und wahrscheinlich auch seinen treuen Achates, den Major Perrin.«

»Ich habe das Vergnügen gehabt, Major Perrin neulich bei mir zu sehn«, sagte Julie, etwas errötend, denn sie dachte an Châteaufort.

»Auch Herrn von Saint-Léger. Man muß durchaus einen Abend mit Sprichwortkomödien für nächsten Monat verabreden; und Sie sollen eine Rolle darin spielen, mein Engel: vor zwei Jahren waren Sie unsere Hauptspielerin in Sprichwortstücken.«

»Mein Gott, gnädige Frau, solange hab ich keine Sprichwortstücke gespielt, daß ich meine frühere Sicherheit nicht wieder finden werde.«

»Ach! Julie, raten Sie, wen wir noch erwarten! Doch, um sich seines Namens zu erinnern, dazu, meine Liebe, muß man Gedächtnis haben!«

Darcys Name fiel Julien sofort ein.

›Er plagt mich wahrlich‹, dachte sie. »Gedächtnis, gnädige Frau? ... Ich hab' ein sehr gutes.«

»Aber ich sage, ein Gedächtnis von sechs oder sieben Jahren ... Erinnern Sie sich eines Ihrer Anbeter, als Sie noch ein kleines Mädchen waren und herabfallende Haare trugen?«

»Wahrlich, ich errate nicht.«

»Wie schrecklich, meine Liebe ... Einen reizenden Menschen so zu vergessen, der, wenn ich mich nicht sehr irre, Ihnen damals dermaßen gefiel, daß Ihre Mutter sich beinahe darüber beunruhigte. Nun, meine Schöne, da Sie ihre Anbeter also vergessen, muß man Ihnen ihre Namen schon ins Gedächtnis zurückrufen: Herrn Darcy sollen Sie sehen.«

»Herrn Darcy?«

»Ja; erst vor einigen Tagen ist er aus Konstantinopel zurückgekommen. Er besuchte mich vorgestern, und ich hab' ihn eingeladen. Wissen Sie, Sie Undankbare, daß er mich mit einem recht bezeichnenden Eifer nach Neuigkeiten von Ihnen gefragt hat?«

»Herr Darcy ...?« sagte Julie zaudernd und mit geheuchelter Zerstreutheit, »Herr Darcy? ... Nicht wahr, ein großer, blonder, junger Mann ... der Gesandtschaftssekretär ist.«

»O, meine Liebe, Sie werden ihn nicht wiedererkennen: er hat sich sehr verändert, er ist bleich oder vielmehr olivenfarbig geworden mit tiefliegenden Augen. Durch die Hitze, wie er sagt, hat er viele Haare verloren. Wenn das so weiter geht, wird er in drei oder vier Jahren vorn kahl sein. Und doch ist er noch keine dreißig Jahre alt.«

Hier riet die Dame, welche diese Erzählung von Darcys Mißgeschick hörte, eifrig den Gebrauch von Kalydor, mit dem sie nach einer Krankheit, die sie fast alle Haare hatte verlieren lassen, sehr gute Erfolge erzielte. Beim Reden fuhr sie mit ihren Fingern durch zahlreiche Locken von einem schönen Kastanienbraun.

»Ist Herr Darcy die ganze Zeit in Konstantinopel geblieben?« fragte Frau von Chaverny.

»Nein, ganz und garnicht; denn er ist viel gereist. Ist in Rußland gewesen, dann ist er durch ganz Griechenland gekommen. Sie haben nichts von seinem Glück gehört? Sein Onkel ist gestorben und hat ihm ein hübsches Vermögen hinterlassen. Auch in Kleinasien ist er gewesen, in ... wie sagte er? ... in Caramanien. Er ist entzückend, meine Liebe; er hat reizende Geschichten, die Sie begeistern werden. Gestern hat er mir so hübsche erzählt, daß ich immer zu ihm sagte: Aber heben Sie sie doch für morgen auf, Sie sollen sie den jungen Damen erzählen, statt sie an eine alte Mama wie mich zu verschwenden!«

»Hat er Ihnen seine Geschichte von der Türkenfrau erzählt, die er rettete?« fragte Frau Dumanoir, die Patronin des Kalydor.

»Das Türkenweib, das er gerettet? Er hat ein Türkenweib gerettet? Davon hat er mir kein Wort erzählt.«

»Wie! Aber das ist eine wunderbare Handlung, ein wirklicher Roman.«

»O! Erzählen Sie das, ich bitte Sie darum.«

»Nein, nein; fordern Sie's von ihm selber. Ich weiß die Geschichte nur von meiner Schwester, deren Mann, wie Sie wissen, Konsul in

Smyrna war. Sie aber hatte sie von einem Engländer, der Zeuge des ganzen Abenteuers gewesen. Es ist seltsam.«

»Erzählen Sie die Geschichte, gnädige Frau. Glauben Sie denn, daß wir bis zum Essen warten können? Es gibt nichts Gräßlicheres, als von einer Geschichte erzählen hören, die man nicht kennt.«

»Schön, ich werde sie Ihnen schlecht wiedergeben; so also hat man sie mir erzählt: – Herr Darcy war in der Türkei, um, ich weiß nicht welche Ruinen am Meeresstrande zu erforschen, als er einen sehr düsteren Zug auf sich zukommen sah. Stumme waren es, die einen Sack trugen, und in diesem Sacke sah man etwas sich bewegen, wie wenn etwas Lebendiges darinnen wäre ...«

»O, mein Gott!« rief Frau Lambert, die den Gjaur gelesen hatte, »das war eine Frau, die man ins Meer werfen wollte!«

»Richtig«, fuhr Frau Dumanoir etwas geärgert fort, weil sie sich um den dramatischsten Zug ihrer Erzählung gebracht sah.

»Herr Darcy betrachtet den Sack, hört ein dumpfes Seufzen und errät sofort die gräßliche Wahrheit. Er fragt die Stummen, was sie tun wollen; statt jeder Antwort ziehn die ihren Dolch. Glücklicherweise war Herr Darcy gut bewaffnet. Nachdem er die Sklaven in die Flucht gejagt hatte, zieht er endlich aus dem Sacke ein Weib von hinreißender Schönheit hervor und bringt die Halbohnmächtige in die Stadt zurück, wo er sie in ein sicheres Haus führt.«

»Armes Weib!« sagte Julie, die sich für die Geschichte zu interessieren begann.

»Sie halten sie für gerettet? Ganz und garnicht! Der eifersüchtige Ehemann, denn es gab einen Ehemann, wiegelte die ganze Bevölkerung auf, die mit Fackeln nach Herrn Darcys Haus stürzte und ihn lebendig verbrennen wollte. Das Ende des Geschehnisses weiß ich nicht genau; alles, was ich weiß, ist, daß er einer Belagerung standgehalten und das Weib schließlich in Sicherheit gebracht hat. Es scheint sogar«, fügte Frau Dumanoir hinzu, indem sie ihren Ausdruck plötzlich änderte und einen sehr frömmelnden Nasalton annahm, »es scheint, Herr Darcy hat dafür gesorgt, daß man sie bekehrte und taufte!«

»Und Herr Darcy hat sie geheiratet?« fragte Julie lächelnd.

»Das kann ich Ihnen nicht sagen. Die Türkenfrau aber ... hatte einen seltsamen Namen; sie hieß Emineh ... Sie liebte Herrn Darcy hitzig. Meine Schwester erzählte mir, daß sie ihn immer ›Sotir‹ nannte ... Sotir ... das heißt auf Türkisch oder Griechisch ›mein Retter‹. Eulalie hat mir gesagt, sie wäre eine der schönsten Personen, die man sehen könnte.«

»Wir werden seiner Türkin den Krieg erklären«, rief Frau Lambert, »nicht wahr, meine Damen? Man muß ihn ein bißchen quälen ... Übrigens überrascht mich dieser Zug an Darcy nicht ganz; er ist einer der edelmütigsten Männer, die ich kenne, und ich weiß Handlungen von ihm, die mir jedesmal, wenn ich sie erzähle, Tränen in die Augen treiben. – Sein toter Onkel hinterließ eine natürliche Tochter, die er nie anerkannt hatte. Da er kein Testament gemacht, hatte sie keinerlei Erbschaftsrechte. Darcy, der Alleinerbe war, wünschte, daß sie miterbte, und wahrscheinlich ist der auf sie gekommene Teil sehr viel höher, als sein Onkel ihn je festgesetzt haben würde.« – »War die natürliche Tochter hübsch?« fragte Frau von Chaverny mit recht boshafter Miene, denn sie fühlte jetzt das Bedürfnis, etwas Böses über diesen Darcy zu sagen, den sie nicht aus ihren Gedanken verjagen konnte.

»Ach, meine Liebe, wie können Sie annehmen? ... Doch überdies war Herr Darcy noch in Konstantinopel, als sein Onkel gestorben ist, und wahrscheinlich hat er das Geschöpf nie gesehen.«

Châteauforts, Major Perrins und einiger anderer Leute Ankunft machte dieser Unterhaltung ein Ende. Châteaufort setzte sich zu Frau von Chaverny und benutzte einen Augenblick, wo man sehr laut sprach, um zu ihr sagen:

»Sie sehen traurig aus, gnädige Frau, sehr unglücklich würd' ich sein, wenn das, was ich Ihnen gestern erzählte, die Ursache davon wäre.«

Frau von Chaverny hatte ihn nicht verstanden, oder vielmehr nicht verstehen wollen. Châteaufort war daher gekränkt, weil er seine Phrase wiederholen mußte, und war noch gekränkter über eine etwas trockene Antwort, nach welcher Julie sich sofort in die allgemeine Unterhaltung mischte. Den Platz wechselnd, entfernte sie sich von ihrem unglücklichen Bewunderer.

Ohne sich entmutigen zu lassen, wandte Châteaufort nutzlos viel Geist auf. Frau von Chaverny, der er allein gefallen wollte, hörte ihm zerstreut zu: sie dachte an Darcys baldiges Erscheinen und fragte sich ständig, warum sie sich so sehr mit einem Manne beschäftige, den sie vergessen haben mußte, und der auch sie wahrscheinlich längst vergessen hatte.

Endlich ließ sich Wagenlärm vernehmen; die Salontüre öffnete sich. – »Ach, er ist da!« rief Frau Lambert. Julie wagte nicht den Kopf zu wenden, wurde aber furchtbar bleich. Ein plötzliches und lebhaftes Kältegefühl überkam sie; alle ihre Kräfte mußte sie anspannen, um sich zu fassen und Châteaufort zu hindern, den Wechsel auf ihren Zügen zu bemerken.

Darcy küßte Frau Lambert die Hand und sprach stehend einige Zeit mit ihr. Dann setzte er sich neben sie. Tiefes Schweigen herrschte anfangs; Frau Lambert schien zu warten und das Wiedererkennen kunstreich herbeiführen zu wollen. Mit Ausnahme des guten Major Perrin beobachteten Châteaufort und die übrigen Männer Darcy mit etwas eifersüchtiger Neugierde. Da er aus Konstantinopel kam, war er ihnen in vielem voraus, und das war ein hinreichender Grund, um ihnen jene abgemessen steife Miene zu verleihen, wie man sie Fremden gegenüber gewöhnlich aufzieht. Darcy, der auf niemanden Acht gegeben hatte, brach das Schweigen zuerst. Er sprach vom Wetter, dem Wege. Belanglosigkeiten ... seine Stimme war sanft und musikalisch. Frau von Chaverny wagte ihn anzusehen, erblickte ihn im Profil. Er erschien ihr mager und sein Ausdruck hatte gewechselt ... Kurz, sie fand ihn gut aussehend.

»Mein lieber Darcy«, sagte Frau Lambert, »schauen Sie genau um sich und sehen Sie zu, ob Sie nicht eine Ihrer früheren Bekannten finden!«

Darcy wandte den Kopf und bemerkte Julie, die sich bislang unter ihrem Hute versteckt hatte. Jäh erhob er sich mit einem Überraschungsruf und trat, die Hand ausstreckend, auf sie zu. Plötzlich blieb er dann stehen, grüßte, wie wenn er seinen Vertraulichkeitsüberschwang bereue, sehr tief und drückte ihr in geziemenden Worten all seine Freude aus, sie wiederzusehn. Julie stotterte einige höfliche Worte und wurde sehr rot, weil Darcy immer vor ihr stehen blieb und sie starr ansah.

Bald bekam sie ihre Geistesgegenwart wieder und betrachtete ihn ihrerseits mit jenem zerstreuten und zugleich beobachtenden Blicke, über den Gesellschaftsmenschen nach Belieben verfügen. Er war ein großer, blasser junger Mann, auf dessen Zügen die Ruhe geschrieben stand, eine Ruhe jedoch, die weniger einem gewöhnlichen Seelenzustande zu entspringen schien, als der Herrschaft, die sie schließlich über den Ausdruck der Physiognomie erlangt hatte. Markierte Falten furchten seine Stirn bereits. Seine Augen lagen tief, die Mundwinkel waren heruntergezogen und an seinen Schläfen begannen sich die Haare schon zu lichten. Indessen war er kaum über dreißig Jahre alt. Darcy war sehr einfach, aber mit jener Eleganz gekleidet, welche die Gewohnheiten der guten Gesellschaft und die Gleichgültigkeit einer Sache gegenüber anzeigt, die so vieler junger Leute Gedanken beschäftigt. Voll Freude machte Julie all diese Beobachtungen. Sie bemerkte noch, daß er auf der Stirn eine ziemlich lange Narbe hatte, die er mit einer Haarlocke schlecht verdeckte, und die von einem Säbelhiebe herzurühren schien.

Julie saß an Frau Lamberts Seite. Zwischen ihr und Châteaufort gab's einen Stuhl; sowie aber Darcy sich erhoben, hatte Châteaufort seine Hand auf den Rücken des Stuhles gelegt, ihn auf ein Bein gestellt und hielt ihn im Gleichgewicht. Klar war es, daß er sie bewachen wollte, wie der Gärtnerhund die Haferkiste bewacht. Frau Lambert hatte Mitleid mit Darcy, der immer aufrecht vor Frau von Chaverny stehen blieb. Sie machte auf ihrer Seite auf dem Sofa Platz und bot ihn Darcy an, der sich auf diese Weise neben Julie befand. Er beeilte sich, diese günstige Position zu benutzen und spann eine fortlaufende Unterhaltung mit ihr an.

Gleichwohl hatte er seitens der Frau Lambert und einiger anderer Leute ein regelrechtes Verhör über seine Reisen zu bestehn; zog sich aber ziemlich wortkarg heraus und benutzte jede Gelegenheit, um seine Art Privatgespräch mit Frau von Chaverny wieder aufzunehmen.

»Nehmen Sie Frau von Chavernys Arm«, sagte Frau Lambert zu Darcy im Moment, wo die Schloßglocke das Diner anzeigte.

Châteaufort biß sich auf die Lippen, brachte es aber fertig, sich bei Tische ziemlich nahe bei Julien unterzubringen, um sie genau zu beobachten.

9.

Nach dem Essen vereinigte man sich, da der Spätnachmittag schön und das Wetter warm war, zum Kaffeetrinken im Garten um einen ländlichen Tisch herum.

Mit wachsendem Unwillen hatte Châteaufort Darcys Bemühungen um Frau von Chaverny bemerkt. Je länger er das Interesse beobachtete, das sie der Unterhaltung des Frischangekommenen entgegenzubringen schien, desto weniger liebenswürdig ward er selber, und die Eifersucht, die er empfand, hatte keine andere Wirkung, wie ihn selber seiner Vorzüge zu berauben. Er lustwandelte auf der Terrasse, wo man Platz genommen hatte, da er, wie unruhige Leute, nicht sitzen bleiben konnte, betrachtete oft schwere schwarze Wolken, die sich am Horizonte bildeten und ein Unwetter anzeigten, noch mehr aber seinen Nebenbuhler, welcher mit leiser Stimme mit Julien plauderte. Bald sah er sie lächeln, bald wurde sie ernst, bald schlug sie ängstlich die Augen nieder, kurz er sah, daß Darcy ihr nicht ein Wort sagen konnte, das nicht eine deutliche Wirkung hervorrief. Und vor allem bekümmerte es ihn, daß die verschiedenen Ausdrücke, die Julies Züge annahmen, nur das Bild und gleichsam der Reflex von Darcys beweglicher Physiognomie zu sein schienen. Da er diese Art Höllenqual schließlich nicht mehr ertragen konnte, näherte er sich ihr, beugte sich über ihren Stuhlrücken im Augenblick, wo Darcy irgend jemandem Auskunft über Sultan Mahmuds Bart gab, und sagte mit bitterem Tone zu ihr:

»Herr Darcy scheint ein sehr liebenswürdiger Mann zu sein, gnädige Frau!«

»O ja!« antwortete Frau von Chaverny mit einem Enthusiasmus, den sie nicht zu unterdrücken vermochte.

»Es scheint so«, fuhr Châteaufort fort, »denn er läßt Sie Ihre alten Freunde vergessen!«

»Meine alten Freunde!« sagte Julie mit etwas strengem Ton. »Ich weiß nicht, was Sie sagen wollen.« Und sie drehte ihm den Rücken zu. Dann einen Zipfel des Schnupftuchs fassend, das Frau Lambert in der Hand hielt, sagte sie: »Sehr geschmackvoll ist die Stickerei dieses Tuches. Es ist eine wundervolle Arbeit.«

»Finden Sie, meine Liebe? 's ist ein Geschenk von Herrn Darcy, der mir, ich weiß nicht wieviele gestickte Taschentücher aus Konstantinopel mitgebracht hat ... Übrigens, Darcy, hat Ihre Türkin sie Ihnen gestickt?«

»Meine Türkin! Was für eine Türkin?«

»Ja, jene schöne Sultanin, der Sie das Leben gerettet haben, die Sie ... o, wir wissen alles ... die Sie So..., ihren Retter nannte. Sie müssen ja wissen, wie das auf Türkisch heißt.«

Lachend schlug Darcy sich an die Stirn. »Ist's möglich«, rief er, »daß das Gerücht meines Mißgeschicks bereits nach Paris gelangt ist?«

»Aber nichts daran weist auf ein Mißgeschick hin; nur für den Mamamuschi, der seine Favoritin verloren hat, mag das vielleicht zutreffen.«

»Ach«, antwortete Darcy, »ich sehe wohl, Sie kennen nur die Hälfte der Geschichte, denn es ist ein ebenso trauriges Abenteuer für mich wie für Don Quichotte das mit den Windmühlen. Muß ich, nachdem ich den Franken soviel Stoff zum Lachen gegeben habe, der einzigen Fahrenderritterat wegen, der ich mich jemals schuldig gemacht habe, auch noch in Paris verspottet werden!«

»Wie! Aber wir wissen nichts. Erzählen Sie uns das!« riefen alle Damen auf einmal.

»Ich sollte es bei dem bewenden lassen, was Sie bereits von der Geschichte wissen«, sagte Darcy, »und mich der Fortsetzung, deren Erinnerung nicht gerade angenehm ist, überheben; einer meiner Freunde jedoch ... ich bitte Sie um die Erlaubnis ihn Ihnen vorstellen zu dürfen, Frau Lambert, – Sir John Tyrrel ... einer meiner Freunde, ebenfalls ein Mitspieler bei dieser tragikomischen Szene, wird bald nach Paris kommen. Er könnte sich den üblen Spaß machen, mir in seiner Schilderung eine noch lächerlichere Rolle, als ich dabei gespielt habe, zu erteilen. Folgendes geschah: Als das unglückliche Weib einmal im französischen Konsulate untergebracht war ...«

»Oh! Aber fangen Sie von vorn an«, rief Frau Lambert.

»Sie kennen den Anfang doch bereits.«

»Nein, wir wissen nichts, und wünschen, daß Sie die Geschichte von Anfang bis zu Ende erzählen.«

»Schön! Sie werden wissen, meine Damen, daß ich 18.. in Lacarna war. Eines Tags verließ ich die Stadt, um zu zeichnen. Bei mir war ein sehr liebenswürdiger junger Engländer, ein braver Bursche, Lebemann, namens Sir John Tyrrel, einer jener Männer, die auf Reisen so begehrt sind, weil sie ans Essen denken, weil sie immer Vorräte bei sich haben, und weil sie stets guter Laune sind. Überdies reiste er ohne einen bestimmten Zweck und kannte sich weder in Geologie noch in Botanik aus, Wissenschaften, die einem einen Reisegefährten sehr verleiden können.

Ich hatte mich in den Schatten eines alten Gemäuers gesetzt, etwa zweihundert Schritte vom Meere, das an dieser Stelle von jäh abstürzenden Felsen beherrscht wird. Eifrig beschäftigt war ich, zu zeichnen, was von einem antiken Sarkophag übrig geblieben, während Sir John ins Gras gelagert, sich über meine unglückliche Liebe zu den schönen Künsten lustig machte und dabei köstlichen Latakietabak rauchte. Uns zur Seite bereitete uns ein türkischer Dragoman, den wir in unseren Dienst genommen hatten, Kaffee. Der war der beste Kaffeekoch und größte Hasenfuß von allen Türken, die ich kennen gelernt habe. Plötzlich rief Sir John voller Freude: ›Da kommen Leute mit Schnee aus dem Gebirge, wir wollen ihnen welchen abkaufen und uns Orangensorbet machen!‹

Ich hob die Augen und sah einen Esel auf uns zukommen, auf den querüber ein großes Paket gelegt war; zwei Sklaven stützten es auf jeder Seite. Vorn führte ein Eseltreiber den Esel und hinten schloß ein ehrwürdiger Türke mit weißem Barte, der auf einem ziemlich guten Pferde saß, die Schar. Langsam und ernst näherte sich der Aufzug.

Sein Feuer anblasend, warf unser Türke einen Seitenblick auf die Eselslast und sagte mit einem seltsamen Lächeln zu uns: ›Das ist kein Schnee!‹ Mit seinem gewöhnlichen Phlegma beschäftigte er sich dann wieder mit unserem Kaffee. ›Was ist's denn?‹ fragte Tyrrel, ›ist's was zu essen?‹

›Für die Fische!‹ antwortete der Türke.

In diesem Augenblick setzte sich der Mann zu Pferde in Galopp; und sich dem Meere zuwendend, kam er an uns vorbei, nicht ohne uns einen jener verächtlichen Blicke zuzuwerfen, welche die Musulmanen gern auf Christen richten Er trieb sein Pferd bis an die Felsabstürze, von denen ich gesprochen habe, und machte kurz an der abschüssigsten Stelle Halt. Er schaute ins Meer und schien die beste Stelle zu suchen, um sich hineinzustürzen.

Mit mehr Aufmerksamkeit betrachteten wir dann das Paket, das der Esel trug, und waren von der merkwürdigen Form des Sackes überrascht. Alle Geschichten der von eifersüchtigen Ehemännern ertränkten Frauen kamen uns sogleich ins Gedächtnis zurück. Wir teilten uns unsere Gedanken mit.

›Frag die Schufte‹, sagte Sir John zu unserem Türken, ›ob's eine Frau ist, die sie so tragen.‹

Verstört sperrte der Türke seine großen Augen, nicht aber seinen Mund auf.

Es war ganz klar, er fand unsere Frage durchaus unpassend.

Da in diesem Momente der Sack in unserer Nähe war, sahen wir ihn sich deutlich bewegen und hörten sogar eine Art Seufzer oder Brummen, das aus ihm hervordrang.

Obwohl ein Feinschmecker, ist Tyrrel doch sehr ritterlich. Wie ein Wilder sprang er auf, lief zu dem Eseltreiber und fragte ihn auf Englisch, so sehr war er durch Zorn verwirrt, was er so mit sich führe und was er mit seinem Sacke zu tun beabsichtige. Der Eseltreiber unterließ es zu antworten; der Sack aber bewegte sich heftig, Frauenschreie ließen sich vernehmen, weswegen die Sklaven anhuben, mit den Riemen, mit welchen sie den Esel zum Gehen brachten, derbe auf den Sack loszuschlagen. Tyrrel war aufs äußerste empört. Mit einem kräftigen und kunstgerechten Faustschlage streckte er den Eseltreiber zu Boden und packte einen Sklaven bei der Kehle, worauf der beim Streite heftig angestoßene Sack schwer ins Gras fiel. Ich war herbeigelaufen. Der andere Sklave schickte sich an Steine aufzuraffen. Der

Eseltreiber stand auf. Trotz meiner Abneigung, mich in Anderer Angelegenheiten zu mischen, konnte ich unmöglich meinem Gefährten nicht zu Hilfe kommen. Da ich mich eines Pfahls bemächtigt hatte, der dazu diente, meinen Schirm zu halten, wenn ich zeichnete, schwang ich ihn mit möglichst kriegerischer Miene drohend gegen die Sklaven und den Eseltreiber. Alles ging gut, als jener Teufel von Türke zu Pferde, nachdem er aufgehört, das Meer zu betrachten und sich auf den Lärm hin, den wir verursachten, umgewandt hatte, pfeilschnell kehrt machte, und, ehe wir noch daran dachten, über uns kam: in der Hand trug er eine Art elendes Küchenmesser ...«

»Einen Ataghan?« sagte Châteaufort, der die Lokalfarbe liebte.

»Einen Ataghan«, fuhr Darcy mit beifälligem Lächeln fort. »Er jagte an mir vorüber und versetzte mir mit diesem Ataghan einen Hieb über den Kopf, der mich sechsunddreißig ... Kerzen, wie mein Freund, der Marquis von Roseville in so eleganter Form sagt, sehen ließ. Dennoch parierte ich und versetzte ihm einen tüchtigen Schlag auf die Hüften mit dem Pfahl und wirbelte den dann nach bestem Vermögen um meinen Kopf, indem ich auf Eseltreiber, Sklaven, Pferd und Türken einhieb, da ich selber noch zehnmal wütender als mein Freund Sir John Tyrrel geworden war. Sicherlich wäre die Sache übel für uns ausgegangen. Unser Dragoman wahrte Neutralität und wir konnten uns nicht lange mit einem Stock gegen drei Infanteristen, einen Kavalleristen und einen Ataghan wehren. Glücklicherweise erinnerte Sir John sich an ein Paar Pistolen, die wir mitgenommen hatten. Er bemächtigt sich ihrer, wirft mir eine zu, und nimmt die andere, die er sofort auf den Reiter richtet, der uns so viel zu schaffen machte. Der Anblick dieser Waffen und das leichte Knacken des Pistolenhahns riefen eine zauberhafte Wirkung auf unsere Feinde hervor. Schimpflich ergriffen sie die Flucht und ließen uns als Herrn des Schlachtfeldes, des Sacks und sogar des Esels zurück. Trotz all unseres Zorns hatten wir nicht abgefeuert, und das war ein Glück, denn man tötet nicht ungestraft einen Musulmann, und ihn zu verwamsen kostet schon viel Geld.

Als ich mich etwas abgewischt hatte, war wie Sie sich denken können, unsere erste Sorge, zu dem Sack hinzugehen und ihn zu öffnen.

Wir fanden darin eine ziemlich hübsche, etwas fette Frau mit schönen schwarzen Haaren, die als ganze Kleidung ein blaues Leinenhemd trug, etwas weniger durchscheinend als Frau von Chavernys Schärpe.

Schnell arbeitete sie sich aus dem Sack heraus und richtete, ohne allzu bestürzt zu erscheinen, eine zweifelsohne sehr gefühlvolle Rede an uns, von der wir aber kein Wort verstanden; worauf sie mir die Hand küßte. Das einzige Mal, meine Damen, daß eine Dame mir *die* Ehre erwiesen hat.

Inzwischen waren wir wieder kaltblütig geworden. Wie einen Verzweifelten sahen wir unsern Dragoman sich den Bart ausreißen. Ich verband meinen Kopf, so gut es ging, mit meinem Taschentuche. Tyrrel sagte: ›Was zum Teufel, mit diesem Weibe anfangen? Wenn wir hier bleiben, wird der Ehemann mit einer Übermacht zurückkommen und uns erschlagen. Wenn wir in diesem schönen Aufzuge mit ihr nach Lacarna zurückkehren, wird das gemeine Volk uns unfehlbar steinigen!‹ Durch all diese Erwägungen aus der Fassung gebracht, rief Tyrrel, nachdem er sein britannisches Phlegma wieder erlangt hatte: ›Welch ein Teufelsgedanke hat Sie auch heute hier zum Zeichnen hergeführt!‹ Sein Ausruf machte mich lachen, und das Weib, die nichts verstanden hatte, hub auch zu lachen an.

Dennoch mußte man einen Entschluß fassen. Das Beste, was wir tun könnten, wäre, dachte ich, uns alle unter den Schutz des französischen Konsulates zu stellen; das Schwierigste aber war, Lacarna zu betreten. Der Tag ging zur Neige, und das war ein günstiger Umstand für uns. Unser Türke ließ uns einen großen Umweg machen, und wir kamen dank der Nacht und dieser Vorsicht ohne Unfall nach dem Hause des Konsuls, das außerhalb der Stadt liegt. Ich habe Ihnen zu sagen vergessen, daß wir der Frau ein beinahe schickliches Gewand aus dem Sacke und des Dolmetschs Turban zusammenstellten.

Der Konsul empfing uns ziemlich übel, sagte uns, wir seien närrisch, man müsse die Sitten und Gebräuche der Länder, in denen man reise, achten, und man solle die Finger nicht zwischen Tür und Angel stecken … kurz, er kanzelte uns recht derb ab; und hatte Recht, denn wir hatten genug angestellt, um einen heftigen Aufruhr zu verursachen und ein Blutbad unter allen Franzosen der Insel Cypern zu bewirken.

Seine Frau war menschlicher; sie hatte viele Romane gelesen und fand unser Benehmen sehr edelmütig. Tatsächlich hatten wir uns wie Romanhelden gebärdet. Die ausgezeichnete Dame war sehr fromm; dachte, daß sie die Ungläubige, die wir ihr zugeführt hatten, leicht bekehren, daß dieser Bekehrung im ›Moniteur‹ Erwähnung getan und daß ihr Gatte zum Generalkonsul ernannt werden könnte. Dieser ganze Plan entstand im Nu in ihrem Kopfe. Sie umarmte die Türkenfrau, schenkte ihr ein Kleid, tadelte den Herrn Konsul seiner Grausamkeit wegen und sandte ihn zum Pascha, um die Geschichte in Ordnung zu bringen.

Der Pascha war furchtbar zornig. Der eifersüchtige Ehemann war eine Persönlichkeit und spie Feuer und Flamme. Eine Schande wäre es, sagte er, daß Christenhunde einen Mann wie ihn daran hinderten, seine Sklavin ins Meer zu werfen. Der Konsul war sehr in Not; sprach viel von dem Könige, seinem Herrn, mehr noch von einer Fregatte mit sechzig Kanonen, die in den Gewässern von Lacarna erscheinen sollte. Das Argument aber, das die höchste Wirkung erzielte, war der Vorschlag, den er in unserem Namen machte, die Sklavin zu einem billigen Preise zu kaufen.

Ach, wenn Sie wüßten, welches der billige Preis eines Türken ist! Man mußte dem Ehemanne zahlen, dem Pascha zahlen, dem Eseltreiber, dem Tyrrel zwei Zähne eingeschlagen hatte, zahlen, ja auch für das Ärgernis zahlen, kurz für alles zahlen. Wieviele Male rief Tyrrel schmerzlich: ›Warum, zum Teufel, auch am Meeresufer zeichnen müssen!‹«

»Welch ein Abenteuer, armer Darcy!« rief Frau Lambert. »Dort also haben Sie jene schreckliche Schmarre erhalten? Bitte, streichen Sie doch Ihre Haare mal zurück. Ein Wunder ist's, daß er Ihnen nicht den Kopf gespalten hat!«

Während der ganzen Erzählung hatte Julie ihre Augen nicht von des berichtenden Stirne weggewandt; schließlich fragte sie mit furchtsamer Stimme: »Was wurde aus der Frau?«

»Das gerade ist der Teil meiner Geschichte, den ich nicht sehr gern erzähle. Das Folgende ist so traurig für mich, daß man sich da unten zur Stunde, wo ich Ihnen erzähle, noch über unsern unüberlegten ritterlichen Streich lustig macht.«

»War die Frau hübsch?« fragte Frau von Chaverny etwas errötend.

»Wie hieß sie?« fragte Frau Lambert.

»Sie hieß Emineh. – Hübsch? ... Ja, sie war ziemlich hübsch, aber zu dick und ihrer Heimatsitte gemäß ganz mit Schminke überzogen. Sehr muß man sich erst gewöhnen, um die Reize einer türkischen Schönen schätzen zu wissen. – Emineh wurde also im Konsulhause untergebracht. Sie war Mingrelierin und sagte zu Frau C..., des Konsuls Frau, sie sei eine Fürstentochter. In jenem Lande ist jeder Schelm, der zehn anderen Schelmen gebietet, ein Fürst. Man behandelte sie also wie eine Prinzessin, sie speiste bei Tisch mit und aß für vier; wenn man ihr hinterdrein etwas von Religion sagte, schlief sie regelmäßig ein. Das dauerte so einige Zeit. Endlich setzte man den Tauftag fest. Frau C... nannte sich ihre Patin und wünschte, daß ich mit ihr Pate stehe. Zuckerwerk, Geschenke und alles was dazugehört! ... Es stand geschrieben, daß diese unselige Emineh mich ruinieren sollte. Frau C... erklärte, Emineh liebe mich mehr als Tyrrel, weil sie, wenn sie mir Kaffee anbot, immer etwas davon auf die Kleider schüttete. Auf diese Taufe bereitete ich mich mit einer wahrhaft gottesfürchtigen Zerknirschung des Herzens vor, als am Vorabend der Zeremonie die schöne Emineh verschwand. Muß ich Ihnen alles erzählen? Der Konsul hatte einen Mingrelier als Koch, einen sicher sehr großen Schuft, der aber ausgezeichnet Pilaf kochen konnte. Dieser Mingrelier hatte Emineh gefallen, die zweifellos in ihrer Art patriotisch war. Er entführte sie und gleichzeitig Herrn C... eine ziemlich beträchtliche Geldsumme; er war nicht wieder aufzufinden. So kam der Konsul um sein Geld, seine Frau um die Ausstattung, die sie Emineh geschenkt, und ich um meine Handschuhe und meine Bonbons; nur meine Hiebe hatte ich gekriegt. Das Schlimmste war, daß man mich in gewisser Weise verantwortlich für das Abenteuer machte. Man behauptete, ich hätte dies elende Frauenzimmer befreit, das meinetwegen auf dem Meeresgrunde liegen konnte, und das meinen Freunden soviel Unheil gebracht hatte. Tyrrel wußte sich aus der Verlegenheit zu ziehen; er ging für ein Opfer durch, während er allein die Ursache des ganzen Wirrwars war; ich aber hatte meinen Ruf als Don Quichote und die Schmarre weg, die Sie da sehen und mir bei meinen Erfolgen sehr schadet!«

Nach Beendigung der Geschichte ging man in den Salon zurück. Darcy plauderte noch einige Zeit mit Frau von Chaverny; dann sah er sich gezwungen, sie zu verlassen, weil ihm ein in politischer Ökonomie sehr bewanderter junger Mann vorgestellt wurde, der Deputierter zu werden beabsichtigte und einige statistische Aufschlüsse über das Ottomanenreich zu erhalten wünschte.

10.

Nachdem Darcy sie verlassen, blickte Julie häufig auf die Uhr. Zerstreut hörte sie Châteaufort zu und unwillkürlich suchten ihre Augen Darcy, der am anderen Salonende plauderte. Manchmal schaute er sie in seinem Gespräche mit dem Statistikliebhaber an und sie konnte seinen durchdringenden, wiewohl ruhigen Blick nicht ertragen. Sie fühlte, daß er schon eine außergewöhnliche Herrschaft über sie erlangt habe, und dachte nicht mehr daran, sich ihr zu entziehen.

Endlich verlangte sie ihren Wagen; und sei es Absicht, sei es Zerstreutheit, sie verlangte ihn, indem sie Darcy mit einem Blicke ansah, der sagen wollte: ›Sie haben eine halbe Stunde verloren, die wir gemeinsam hätten verbringen können.‹ Der Wagen stand bereit. Darcy plauderte immer noch, schien aber müde und des Fragestellers, der nicht locker ließ, überdrüssig zu sein. Langsam erhob Julie sich, drückte Frau Lambert die Hand und wandte sich dann überrascht und fast ärgerlich, Darcy immer am nämlichen Platze verharren zu sehen, der Türe zu. Châteaufort war bei ihr, bot ihr den Arm, den sie mechanisch nahm, ohne auf ihn zu hören, und fast ohne seine Anwesenheit zu bemerken. Sie durchquerte das Vestibül. Frau Lambert und etliche Leute, die sie bis an ihren Wagen geleiteten, waren bei ihr. Darcy war im Salon geblieben. Als sie in ihrer Kalesche saß, fragte Châteaufort lächelnd, ob sie Nachts ganz allein auf den Wegen keine Furcht haben würde, und fügte hinzu, er wolle in seinem Tilbury dicht auf ihr folgen, sowie Major Perrin seine Billardpartie beendigt hätte. Julie, die ganz in Träume versunken war, wurde erst durch den Ton seiner Stimme an sich selbst erinnert, hatte jedoch nichts verstanden. Sie tat, was jede andere Frau unter solchen Umständen tun würde: sie lächelte. Dann sagte sie den auf der Freitreppe vereinigten Leuten, den Kopf neigend, Lebewohl, und ihre Pferde führten sie schnell davon.

Grade im Augenblick aber, wo der Wagen sich in Bewegung setzte, hatte sie Darcy aus dem Salon kommen sehen, er war bleich, sah traurig aus und hatte die Augen auf sie geheftet, wie wenn er ein deutliches Lebewohl erwarte. Sie fuhr fort mit dem Bedauern, daß sie ihm keinen Abschiedsgruß habe zunicken können, der nur ihm allein gegolten hätte, und dachte sogar, daß er darüber ärgerlich sein möchte. Bereits hatte sie vergessen, daß sie die Sorge, sie an ihren Wagen zu geleiten, einem anderen überlassen hatte; jetzt war das Unrecht auf ihrer Seite und sie warf es sich wie ein schweres Verbrechen vor. Die Gefühle, die sie einige Jahre vorher für Darcy gehegt, als sie ihn an jenem Abend verlassen, wo sie falsch gesungen, waren sehr viel weniger lebhaft gewesen als die, welche sie diesmal mitnahm. Nicht nur hatten die Jahre ihren Eindrücken Kraft verliehen, sondern sie vermehrten sich auch noch um den ganzen gegen ihren Ehemann aufgesammelten Zorn. Vielleicht hatte sogar die Art Begeisterung, die sie für Châteaufort empfunden, der in diesem Augenblicke übrigens vollkommen vergessen war, sie darauf vorbereitet, sich ohne viele Gewissensbisse in dem sehr viel lebhafteren Gefühle, das sie für Darcy empfand, gehen zu lassen.

Was ihn anlangt: seine Gefühle waren sehr viel ruhigerer Natur. Mit Freuden war er einer hübschen jungen Frau begegnet, die glückliche Erinnerungen in ihm wachrief, und deren Bekanntschaft ihm für den Winter, den er in Paris verbringen sollte, wahrscheinlich angenehm sein würde. Doch als sie ihm nun nicht mehr vor Augen war, bewahrte er an sie höchstens nur die Erinnerung an einige fröhlich verstrichene Stunden, eine Erinnerung, deren Süße noch durch die Aussicht auf ein spätes Zubettkommen, und daß er einige Meilen zurücklegen müsse, um sein Lager zu finden, beeinträchtigt wurde. Überlassen wir ihn ganz seinen prosaischen Gedanken, lassen wir ihn sich sorgsam in seinen Mantel hüllen, sich bequem und ausgestreckt in seinem

Mietwagen unterbringen, seine Gedanken aus Frau Lamberts Salon nach Konstantinopel, von Konstantinopel nach Korfu, und von Korfu in einem Halbschlummer schicken.

Wir, lieber Leser, folgen, wenn's gefällig, Frau von Chaverny.

11.

Als Frau von Chaverny Frau Lamberts Schloß verließ, war die Nacht schrecklich schwarz, die Atmosphäre drückend und erstickend: von Zeit zu Zeit zeichneten, die Landschaft beleuchtend, Blitze die schwarzen Silhouetten der Bäume auf einen fahlorangenen Grund. Die Dunkelheit schien sich nach jedem Blitz zu verdoppeln, und der Kutscher sah den Kopf seiner Pferde nicht. Bald brach ein heftiger Sturm los. Der Regen, welcher anfangs in schweren und seltenen Tropfen fiel, schlug schnell in einen wahren Wolkenbruch um. Auf allen Seiten stand der Himmel in Feuer und die himmlische Artillerie hub an betäubend zu werden. Die erschreckten Pferde schnauften schwer und bäumten sich, statt gut zu laufen; der Kutscher aber hatte prachtvoll gespeist: sein dicker Karrick, und vor allem der Wein, den er getrunken, sorgten dafür, daß er weder Wasser noch schlechte Wege fürchtete. Nicht weniger unerschrocken war er als Cäsar bei dem Sturme, da er zu seinem Piloten sagte: »Du fährst Cäsar und sein Glück«, und peitschte heftig auf die armen Tiere los.

Da Frau von Chaverny keine Angst vor Gewittern hatte, bekümmerte sie sich nicht viel um das Unwetter. Sie wiederholte sich alles, was Darcy erzählt hatte, und bereute es, ihm nicht hundert Dinge mitgeteilt zu haben, die sie ihm hätte sagen können, als sie in ihren Überlegungen plötzlich durch einen heftigen Stoß unterbrochen wurde, den ihr Wagen erhielt: zu gleicher Zeit brachen die Glasscheiben in Stücke und ein Krachen von übler Vorbedeutung ließ sich hören; die Kalesche war in einen Graben gestürzt. Julie kam mit dem Schrecken davon. Doch der Regen hörte nicht auf; ein Rad war gebrochen, die Laternen waren ausgegangen und man sah nicht ein einziges Haus in der Nähe, wo man hätte untertreten können. Der Kutscher fluchte, der Lakai verwünschte den Kutscher und tobte gegen seine Ungeschicklichkeit. Julie blieb in ihrem Wagen, fragte, wie man nach P... zurückkommen könne oder was man tun solle; auf jede Frage aber, die sie stellte, erhielt sie die verzweifelnde Antwort: Das ist unmöglich!

Indessen hörte man von weitem das dumpfe Geräusch eines näherkommenden Wagens. Bald erkannte Frau von Chavernys Kutscher zu seiner großen Befriedigung einen seiner Kollegen, mit dem er in Frau Lamberts Dienerzimmer den Grund zu einer innigen Freundschaft gelegt hatte. Er rief ihm zu, anzuhalten. Der Wagen hielt an; kaum wurde Frau von Chavernys Name genannt, als ein junger Mann, der im Kupé saß, selber die Tür aufmachte, und mit dem Rufe: »Ist sie verwundet?« mit einem Sprunge neben Julies Kalesche stand. Sie hatte Darcy erkannt, sie erwartete ihn.

Ihre Hände begegneten sich in der Dunkelheit, und Darcy wähnte zu fühlen, daß Frau von Chaverny die seinige drücke. Wahrscheinlich aber war das eine Wirkung der Furcht. Nach den anfänglichen Fragen bot Darcy ihr natürlich seinen Wagen an. Julie antwortete zuerst nicht, denn sie war sehr unentschieden, welchen Entschluß sie fassen sollte. Einerseits dachte sie an die drei oder vier Meilen, die sie, falls sie nach Paris wollte, unter vier Augen mit einem jungen Manne zurückzulegen hatte; wenn sie andrerseits ins Schloß zurückkehrte, um dort Frau Lamberts Gastfreundschaft in Anspruch zu nehmen, so bebte sie bei dem Gedanken, den romantischen Unfall mit dem umgeworfenen Wagen und die Hilfe, die sie von Darcy angenommen hatte, erzählen zu müssen. Im Salon, mitten in einer Whistpartie, wie das Türkenweib von Darcy gerettet, wiederzuerscheinen, daran konnte man nicht denken! Aber auch drei lange Meilen bis Paris! ... Während sie so in Ungewißheit schwebte und ziemlich ungeschickt einige banale Phrasen herstotterte, wie lästig sie fallen würde, sagte Darcy, der im Grunde ihres Herzens zu lesen schien, kalt zu ihr: »Nehmen Sie meinen Wagen, gnädige Frau, ich will in Ihrem bleiben, bis irgend wer nach Paris vorbeifährt!« Da Julie sich allzu pride zu zeigen fürchtete, beeilte sie sich das erste Anerbieten, nicht aber das zweite anzunehmen. Und weil sie sich ganz plötzlich entschied, hatte sie nicht die Zeit, die wichtige Frage zu entscheiden, ob man nach Paris oder nach P... fahren sollte. Sie saß bereits in Darcys Kupé, eingehüllt in seinen Mantel, den er ihr eiligst umgelegt hatte, und die Pferde trotteten flink auf Paris zu, ehe sie daran gedacht hatte, zu sagen, wohin sie wolle. Ihr Diener hatte für sie gewählt, indem er dem Kutscher Namen und Straße seiner Herrin angab. Eine verlegene Unterhaltung setzte ein; verlegen war man auf beiden Seiten. Der Klang von Darcys Stimme war hart und schien etwas üble Laune anzukündigen. Julie bildete sich ein, ihre Unentschlossenheit habe ihn geärgert und er halte sie für lächerlich prüde. Sie stand bereits schon derartig unter dieses Mannes Einfluß, daß sie sich innerlich lebhafte Vorwürfe machte und nur daran dachte, diese gereizte Stimmung, an der sie schuld zu sein glaubte, zu verscheuchen. Darcys Anzug war naß, sie bemerkte es, nahm sich sofort den Mantel ab und verlangte, daß er ihn anziehe. Daraus entstand ein Edelmutstreit und schließlich hatte jeder, nachdem der strittige Punkt entschieden worden war, seinen Teil des Mantels. Eine große Unklugheit, die sie nimmer begangen haben würde, ohne das momentane Zögern, das sie vergessen machen wollte! Sie waren so nahe bei einander, daß Julies Wange Darcys warmen Atem spüren konnte. Die Stöße des Wagens brachten sie sogar manchmal noch näher zusammen. – »Dieser Mantel, der uns beide einhüllt«, sagte Darcy, »erinnert mich an unsere Charaden von dazumal. Erinnern Sie sich, meine Virginie gewesen zu sein, als wir beide uns in Ihrer Großmutter Mantille einhüllten?«

»Ja. Auch des Verweises, den sie mir bei dieser Gelegenheit erteilte.«

»Ach!« rief Darcy, »welch glückliche Zeit war das! Wieviele Male hab ich voll Trauer und Glück an unsere himmlischen Abende in der Rue Bellechasse gedacht! Können Sie sich noch der schönen Geierflügel erinnern, die man Ihnen mit rosa Bändern an die Schultern geheftet und des Goldpapierschnabels, den ich mit großer Kunst hergestellt hatte?«

»Ja«, antwortete Julie, »Sie waren Prometheus und ich der Geier. Aber was für ein Gedächtnis Sie besitzen! Wie haben Sie sich all dieser Narrheiten erinnern können, denn es ist doch so lange her, daß wir uns nicht gesehen haben?«

»Soll ich Ihnen ein Kompliment machen?« sagte Darcy lächelnd und neigte sich vor, um ihr ins Gesicht zu schauen. Dann fuhr er in einem ernsteren Tone fort: »Es ist wahrlich nicht seltsam, daß ich die Erinnerung der glücklichsten Augenblicke meines Lebens aufbewahrt habe.«

»Welches Talent Sie für Charaden hatten ...!« sagte Julie, welche fürchtete, die Unterhaltung möchte allzu sentimental werden.

»Soll ich Ihnen einen anderen Beweis meines Gedächtnisses geben?« unterbrach Darcy. »Erinnern Sie sich unseres Bündnisvertrags bei Frau Lambert? Wir hatten uns versprochen, der ganzen Welt Böses nachzureden; uns dagegen einander wider jedermann beizustehn ... Doch unser Vertrag hat das Los der meisten Verträge gehabt; er ist nicht zur Ausführung gekommen.«

»Was wissen Sie davon?«

»Ach, ich bilde mir ein, Sie haben nicht oft Gelegenheit gehabt, mich zu verteidigen; denn welcher Müßiggänger hat sich mit mir beschäftigt, als ich einmal fern von Paris war?«

»Sie verteidigen ... nein ... doch mit Ihren Freunden von Ihnen sprechen ...«

»O, meine Freunde«, rief Darcy mit einem halb traurigen Lächeln, »zu der Zeit besaß ich ihrer nicht viele, wenigstens kannten Sie sie nicht. Die jungen Leute, die Ihre Frau Mutter bei sich sah, haßten mich, ich weiß nicht warum; und was die Frauen betrifft, so dachten sie wenig an den Herrn Attaché des Ministeriums für Auswärtige Angelegenheiten.«

»Weil Sie sich nicht mit ihnen beschäftigten.«

»Das ist wahr. Nie hab' ich mich lieb Kind zu machen gewußt bei Leuten, die ich nicht liebte.«

Wenn man Julies Gesicht in der Dunkelheit hätte unterscheiden können, würde Darcy gesehen haben, daß sich beim Hören dieser letzten Phrase eine lebhafte Röte über ihre Züge verbreitet hatte, weil sie ihr einen Sinn gab, an den Darcy vielleicht nicht dachte.

Wie dem auch sein möge, Julie wollte von den Erinnerungen, die der eine wie der andere nur zu gut aufbewahrt hatte, abkommen und Darcy ein bißchen auf seine Reisen bringen, da sie durch dies Mittel vom Sprechen entbunden zu sein hoffte. Das Verfahren glückt fast immer bei Reisenden, besonders bei solchen, die irgend ein fernes Land besucht haben.

»Welch eine schöne Reise Sie gemacht haben«, sagte sie, »und wie sehr bedaure ich's, nie eine ähnliche machen zu können!«

Darcy war nicht mehr bei Erzählerlaune. »Wer ist jener junge Mann mit Schnurrbart«, fragte er aus dem Zusammenhange gerissen, »der mit Ihnen redete?« Diesmal errötete Julie noch mehr. – »Ein Freund meines Mannes«, antwortete sie, »ein Offizier seines Regimentes ... Es heißt«, führ sie fort, ohne ihr orientalisches Thema aufgeben zu wollen, »daß Leute, die jenen schönen, blauen Himmel des Orients einmal gesehen haben, nirgend wo anders mehr leben können.«

»Ich weiß nicht warum, mir hat er schrecklich mißfallen ... Ich meine den Freund Ihres Mannes, nicht den blauen Himmel ... Was den blauen Himmel anlangt, gnädige Frau, so möge Gott Sie vor ihm bewahren! Man bekommt ihn schließlich derartig über, weil er sich immer gleich bleibt, daß man den schmutzigen Pariser Nebel wie das schönste aller Schauspiele bewundern würde. Glauben Sie mir, nichts greift die Nerven mehr an wie dieser schöne blaue Himmel, der gestern blau war und morgen blau sein wird. Wenn Sie wüßten, mit welcher Ungeduld, mit welcher immer neuen Enttäuschung man auf eine Wolke wartet, hofft.«

»Und doch sind Sie solange unter diesem blauen Himmel geblieben!«

»Aber, gnädige Frau, es wäre mir ziemlich schwer gefallen, es anders zu machen. Wenn ich nur meiner Neigung hätte folgen dürfen, würd' ich recht bald in die Nähe der Rue de Bellechasse zurückgekehrt sein, nachdem ich die kleine Neugierregung befriedigt, die alle Orientfahrer notwendigerweise verspüren müssen!«

»Viele Reisende, glaube ich, würden dasselbe sagen, wenn sie ebenso freimütig wären wie Sie ... Wie verbringt man seine Zeit in Konstantinopel und in den andern Städten des Orients?«

»Dort, wie überall, kann man seine Zeit auf verschiedene Weise totschlagen. Die Engländer trinken, die Franzosen spielen, die Deutschen rauchen, und, um ihre Vergnügungen zu variieren, setzen sich manche geistreichen Leute Flintenschüssen aus, indem sie auf die Dächer steigen, um die Frauen des Landes zu beäugeln.«

»Dieser letzten Beschäftigung haben Sie wahrscheinlich den Vorzug gegeben!«

»Durchaus nicht. Ich, ich studierte Türkisch und Griechisch, was mich vor Lächerlichkeiten bewahrte. Wenn ich die Gesandtschaftsdepeschen fertig hatte, zeichnete, galoppierte ich nach dem Tale der ›süßen Wasser‹ und ging dann ans Meerufer, um zu sehen, ob nicht irgend ein menschliches Gesicht aus Frankreich oder anderswoher käme.«

»Sollte es in einer so großen Entfernung von Frankreich ein so großes Vergnügen für Sie sein, einen Franzosen zu sehen?«

»Ja, aber wieviele intelligente Menschen kamen auf die Kurzwaren- oder Kaschmirhändler; oder was noch schlimmer ist, auf die jungen Dichter, die, wenn sie nur von weitem jemanden von der Gesandtschaft sahen, ihm zuriefen: Zeigen Sie uns die Ruinen, führen Sie mich zur Hagia Sophia, bringen Sie mich ins Gebirge, ans Azurmeer, ich will die Orte sehen, wo Hero seufzte! Wenn sie sich dann einen tüchtigen Sonnenstich geholt hatten, schlossen sie sich in ihr Zimmer ein und wollten nichts weiter sehen wie die letzten Nummern des Constitutionnel.«

»Ihrer alten Gewohnheit nach sehen Sie alles schwarz. Sie haben sich nicht gebessert, wissen Sie? Denn Sie sind immer noch ein großer Spötter.«

»Sagen Sie mir, gnädige Frau, ob es einem Verdammten, der in seinem Kessel schmort, nicht erlaubt ist, sich auf Kosten seiner Kesselgenossen ein bißchen zu erheitern? Auf Ehre, Sie wissen nicht, was für ein erbärmliches Leben wir da unten führen. Wir Gesandtschaftssekretäre gleichen den Schwalben, die sich niemals auf die Erde setzen. Für uns gibt es jene intimen Beziehungen nicht, die das Lebensglück ausmachen, wie mir scheint.« Diese letzten Worte äußerte er mit einem seltsamen Akzente, und indem er sich Julien näherte. »Seit sechs Jahren hab ich niemanden gefunden, mit dem ich meine Gedanken austauschen konnte.«

»Sie haben also keine Freunde da unten?«

»Ich habe Ihnen eben gesagt, daß es unmöglich ist, in einem fremden Lande welche zu besitzen. Zwei hatte ich in Frankreich zurückgelassen. Der eine ist gestorben, der andere ist jetzt in Amerika, von wo er erst in einigen Jahren zurückkehren wird, wenn das gelbe Fieber ihn nicht dortbehält!«

»Also, Sie sind allein ...?«

»Allein.«

»Und wie ist die Damengesellschaft im Orient? Bietet die Ihnen keine Hilfsquelle?«

»O, die ist das übelste von allem. Was die Türkenfrauen anlangt, so ist an sie nicht zu denken. Das Beste, was man zum Lobe der Griechinnen und Armenierinnen sagen kann, ist, daß sie sehr hübsch sind. Die Konsul- und Gesandtenfrauen, na, davon befreien Sie mich, zu reden. Das ist eine diplomatische Frage; und wenn ich darüber sagte, was ich denke, so könnte ich mir bei den Auswärtigen Angelegenheiten schaden.«

»Ihre Karriere scheinen Sie mir nicht allzu sehr zu lieben. Mit soviel Eifer wünschten Sie früher in die Diplomatie einzutreten!«

»Ich kannte das Metier noch nicht. Jetzt möchte ich Straßenkehreraufseher in Paris sein!«

»Ach Gott, wie können Sie das sagen! Paris, der langweiligste Aufenthaltsort der Erde!«

»Lästern Sie nicht. Nach zweijährigem Aufenthalt in Italien möchte ich Ihre Palinodie auf Neapel hören.«

»Neapel sehn, das würde ich am meisten auf der Welt wünschen«, antwortete sie seufzend, »vorausgesetzt, daß meine Freunde bei mir wären.«

»O, unter der Bedingung würde ich um die Welt reisen. Mit seinen Freunden reisen! Aber das ist so, als ob man in seinem Salon bliebe, während die Welt wie ein sich abrollendes Panorama vor den Fenstern vorbeizieht.«

»Nun, wenn das zu viel verlangt ist, so möchte ich mit einem ... mit zwei Freunden allein reisen.«

»Ich, ich würde nicht so ehrgeizig sein; ich möchte nur einen haben, oder nur eine«, fügte er lächelnd hinzu; »das aber ist ein Glück, das mir nie begegnet ist ... und mir nimmer begegnen wird«, fuhr er mit einem Seufzer fort. Dann mit einem heitereren Tone: »Wahrlich, hab' immer rechtes Unglück gehabt. Stets habe ich nur zwei Dinge recht herzlich gewünscht und hab' sie nicht erlangen können.«

»Was war das?«

»O, garnichts Extravagantes! Zum Beispiel habe ich leidenschaftlich gewünscht, mit jemandem Walzer zu tanzen ... Gründliche Walzerstudien hab' ich gemacht. Ganze Monate lang habe ich ihn allein mit einem Sessel geübt, um den Schwindel loszuwerden, der nie ausblieb, und als ich schließlich keinen mehr kriegte ...«

»Mit wem wollten Sie Walzer tanzen?«

»Und wenn ich Ihnen nun sagte, mit Ihnen? ... Und als ich dank meiner Bemühungen ein vollendeter Walzertänzer geworden war, verbot Ihre Großmutter, die eben einen Jansenisten als Beichtvater genommen hatte, den Walzer durch einen Tagesbefehl, den ich noch auswendig weiß.«

»Und Ihr zweiter Wunsch ...?« fragte Julie sehr verwirrt.

»Mein zweiter Wunsch, ich geb' ihn Ihnen preis. Ich wäre gern, es war zu ehrgeizig meinerseits, ich wäre gern geliebt worden ... doch geliebt ... Das war, ehe ich den Walzer so wünschte, und ich bin nicht in der chronologischen Reihenfolge geblieben ... Ich wäre, sage ich, gern von einer Frau geliebt worden, die mich einem Ball – den gefährlichsten von allen Rivalen – vorgezogen haben würde, von einer Frau, zu der ich mit schmutzigen Stiefeln hätte kommen können im Augenblick, wo sie grade in den Wagen steigen wollte, um auf einen Ball zu gehen. Sie wäre in großer Toilette gewesen und hätte zu mir gesagt: ›Bleiben wir da.‹ Doch das war eine Narrheit. Man darf nur mögliche Dinge verlangen!«

»Wie boshaft Sie sind! Immer machen Sie ironische Bemerkungen! Nichts findet Gnade vor Ihnen. Frauen gegenüber sind Sie stets unbarmherzig.«

»Ich? Gott bewahre mich davor! Heißt das Frauen Übles nachreden, wenn ich behaupte, daß sie eine angenehme Abendgesellschaft einem Untervieraugen mit mir vorziehen?«

»Ein Ball! ... Eine Toilette! ... Ach, mein Gott! ... Wer liebt jetzt Bälle? ...« Sie dachte nicht eben daran, ihr ganzes angeklagtes Geschlecht zu rechtfertigen; sie wähnte Darcys Gedanken zu verstehen und die arme Frau verstand nur ihr eigenes Herz.

»Übrigens Toilette und Ball, wie schade, daß wir nicht mehr im Karneval sind. Ich habe ein griechisches Frauenkostüm mitgebracht, das reizend ist und Ihnen wunderbar stehen müßte.«

»Sie sollen mir eine Zeichnung davon für mein Album machen.«

»Sehr gern. Sie werden sehn, was für Fortschritte ich seit der Zeit gemacht hab', wo ich Biedermänner auf den Teetisch Ihrer Frau Mutter kritzelte ... Übrigens, gnädige Frau, hab' ich Ihnen ein Kompliment zu machen; man erzählte mir heute früh im Ministerium, Herr von Chaverny sei eben zum Kammerherrn ernannt worden. Das hat mir große Freude gemacht.«

Unwillkürlich zitterte Julie.

Ohne diese Bewegung zu merken, fuhr Darcy fort:

»Gestatten Sie mir, Sie um Ihren Schutz von nun an zu bitten ... Im Grunde jedoch bin ich nicht zufrieden mit Ihrer neuen Würde. Sie werden genötigt sein, fürchte ich, den Sommer über in Saint-Cloud zu wohnen und dann werd' ich weniger oft die Ehre haben, Sie zu sehen!«

»Nie werde ich nach Saint-Cloud gehn!«, sagte Julie mit erregter Stimme.

»O, desto besser; denn Paris, sehen Sie, ist das Paradies, das man nur verlassen sollte, um von Zeit zu Zeit unter der Bedingung, am Abend dorthin zurückzukehren, auf dem Lande bei Frau Lambert zu Mittag zu speisen. Wie glücklich Sie sind, gnädige Frau, in Paris zu leben! Sie können sich keinen Begriff davon machen, wie glücklich ich mich, der ich mich vielleicht nur für kurze Zeit dort befinde, in der kleinen Wohnung fühle, die meine Tante mir eingeräumt hat. Und Sie wohnen, man hat mir's gesagt, im Faubourg Saint-Honoré. Ihr Haus hat man mir bezeichnet. Sie müssen einen herrlichen Garten haben, wenn die Bauwut Ihre Alleen nicht bereits in Läden umgewandelt hat.«

»Nein, mein Garten ist, Gottseidank, noch unversehrt!«

»An welchem Tage empfangen Sie, gnädige Frau?«

»Ich bin fast allabendlich zu Hause. Entzückt würde ich sein, wenn Sie mich manchmal besuchen wollten.«

»Sie sehen, gnädige Frau, ich tue, wie wenn unser altes Bündnis noch bestünde. Ganz zwanglos und ohne offiziellen Besuch lade ich mich selbst ein. Sie verzeihen mir, nicht wahr? ... Nur noch Sie und Frau Lambert kenne ich in Paris. Alle Welt hat mich vergessen, doch Ihren beiden Häusern habe ich als einzigen in meinem Exile nachgetrauert. Ihr Salon vor allem muß reizend sein. Sie, die Sie Ihre Freunde so gut auswählten! ... Erinnern Sie sich der Pläne, die Sie einst für die Zeit schmiedeten, wo Sie Hausherrin sein würden? Ein für langweilige Leute unzugänglicher Salon; manchmal Musik, immer Unterhaltung, die lang dauern sollte; keine pretentiösen Leute, eine kleine Anzahl Personen, die sich ganz genau kennen, und die infolgedessen weder zu lügen noch zu wirken suchen ... Ja, Sie sind die glücklichste der Frauen und machen alle glücklich, die in Ihre Nähe kommen!« Während Darcy sprach, dachte Julie, daß sie das Glück, welches er mit soviel Lebhaftigkeit beschrieb, hätte erlangen können, wenn sie einen anderen Mann geheiratet ... Darcy zum Beispiel. Statt an diesen eingebildeten Salon, der so elegant und so angenehm war, dachte sie an die langweiligen Leute, die Chaverny ihr zugeführt hatte, ... statt an jene so munteren Unterhaltungen erinnerte sie sich an die ehelichen Szenen wie die, welche sie nach P... geführt hatte. Kurz, sie sah sich für immer unglücklich, fürs Leben an das Schicksal eines Mannes geknüpft, den sie haßte und den sie verachtete, während der, den sie für den liebenswürdigsten auf der Welt hielt, dem sie die Sorge, ihr Glück zu sichern, hätte aufbürden mögen, immer ein Fremder für sie bleiben mußte. Ihre Pflicht war, ihn zu meiden, sich von ihm zu trennen ... und er saß so nahe bei ihr, daß ihre Kleiderärmel sich an seinen Rockaufschlägen rieben!

Darcy fuhr einige Zeit fort die Freuden des Pariser Lebens mit all der Beredsamkeit zu schildern, die eine lange Beraubung derselben ihm verlieh. Julie fühlte indessen Tränen über ihre Wangen rollen. Sie zitterte, Darcy könne es merken, und der Zwang, den sie sich auferlegte, verstärkte noch die Kraft ihrer Erregung. Sie erstickte, wagte keine

Bewegung zu machen. Endlich entrann ihr ein Seufzer und alles war verloren. Halb von Tränen und Scham erstickt, stützte sie den Kopf in ihre Hände.

Darcy, der an nichts weniger dachte, war sehr erstaunt. Einen Augenblick lang machte ihn die Überraschung stumm. Als aber die Seufzer sich verdoppelten, fühlte er sich verpflichtet zu sprechen und nach dem Grunde dieser so plötzlichen Tränen zu fragen.

»Was haben Sie, gnädige Frau? In Gottes Namen, gnädige Frau, antworten Sie mir ... Was ist Ihnen geschehen? ...« Und da die arme Julie bei all diesen Fragen ihr Taschentuch noch fester gegen die Augen preßte, faßte er sie bei der Hand und entfernte sanft das Taschentuch.

»Ich beschwöre Sie, gnädige Frau«, sagte er mit einem Tone der Verwirrung, der Julien bis in den Herzensgrund drang, »ich beschwöre Sie, was haben Sie? Sollte ich Sie unwissentlich beleidigt haben? ... Durch Ihr Schweigen bringen Sie mich zur Verzweiflung.«

»Ach!« rief Julie, die nicht mehr an sich halten konnte. »Ich bin sehr unglücklich!« Und sie schluchzte noch stärker.

»Unglücklich! Wie? ... Warum? ... Wer kann Sie unglücklich machen? Antworten Sie mir.« Also sprechend drückte er ihr die Hände und sein Kopf berührte fast Julies, die, anstatt zu antworten, weinte. Darcy wußte nicht, was er denken sollte, war aber gerührt von ihren Tränen. Er fand sich fünf Jahre jünger und begann in eine Zukunft zu schauen, die sich seiner Einbildungskraft noch nicht dargestellt hatte, in welcher er aus der Vertrautenrolle wohl in eine andere, wirkungsvollere übergehen konnte.

Da sie sich hartnäckig zu antworten weigerte, fürchtete Darcy, sie befände sich nicht wohl, öffnete eins der Wagenfenster, knüpfte Julies Hutbänder auf und nahm ihr Mantel und Schal ab. Bei solchen Hilfen sind Männer ungeschickt. Bei einem Dorfe wollte er den Wagen anhalten lassen, und rief bereits den Kutscher, als Julie, ihn beim Arme greifend, inständigst bat, nicht anhalten zu lassen, und ihm versicherte, daß sie sich wohler fühle. Der Kutscher hatte nichts gehört und lenkte seine Pferde weiter nach Paris.

»Aber ich bitte Sie herzlich, meine liebe Frau von Chaverny«, sagte Darcy, die Hand wieder ergreifend, die er einen Augenblick hatte fahren lassen, »ich bitte Sie inständigst, sagen Sie mir, was haben Sie? Ich fürchte ... Ich kann nicht begreifen, womit ich so unglücklich gewesen bin Ihnen Qual zu bereiten.«

»Ach, Sie doch nicht!« rief Julie, und drückte ihm die Hand ein wenig.

»Nun, sagen Sie, was kann Sie so weinen machen? Sprechen Sie vertrauensvoll zu mir. Sind wir nicht alte Freunde?« fügte er lächelnd und, seinerseits Julies Hand drückend, hinzu.

»Sie sprachen zu mir von Glück, von dem Sie mich umgeben glauben ... und solch ein Glück liegt mir so fern ...!«

»Wie? Besitzen Sie nicht alle Grundbedingungen des Glücks? ... Sie sind jung, reich, hübsch ... Ihr Gatte nimmt eine ausgezeichnete Stellung in der Gesellschaft ein ...«

»Ich verabscheue ihn«, rief Julie außer sich; »ich verachte ihn!« Und sie verbarg, stärker schluchzend denn je, ihren Kopf in ihrem Taschentuch.

›O, o!‹ dachte Darcy, das wird recht ernsthaft. Und listig alle Stöße des Wagens ausnützend, um sich der armen Julie noch mehr zu nähern:

»Warum«, sagte er mit der süßesten und zärtlichsten Stimme der Welt, »warum betrüben Sie sich so? Darf ein Wesen, das Sie verachten, solchen Einfluß auf Ihr Leben haben? Warum erlauben Sie ihm denn nur Ihr Glück zu vergiften? Aber müssen Sie denn dies Glück durchaus von ihm verlangen?« ... Und er küßte ihr die Fingerspitzen; da sie ihre Hand jedoch sofort voller Schrecken zurückzog, fürchtete er zu weit gegangen zu sein. Entschlossen aber, das Ende des Abenteuers zu sehn, sagte er seufzend in ziemlich scheinheiliger Weise:

»Wie bin ich getäuscht worden! Als ich von Ihrer Heirat hörte, glaubte ich, daß Chaverny Ihnen wirklich gefiele!«

»Ach, Herr Darcy, Sie haben mich nie gekannt!« Der Ton ihrer Stimme sagte deutlich: ›Stets habe ich Sie geliebt und Sie haben es nicht merken wollen ...‹ Mit dem besten Glauben der Welt meinte die arme Frau in diesem Augenblicke, daß sie immer Darcy geliebt während der verstrichenen sechs Jahre, mit eben der Liebe geliebt hätte, welche sie in diesem Momente für ihn empfand.

»Und Sie!« rief Darcy, sich belebend, »Sie, gnädige Frau, haben Sie mich jemals gekannt? Haben Sie je gewußt, welche Gefühle ich hegte? Ach, wenn Sie mich besser gekannt hätten, würden wir zweifelsohne beide jetzt glücklicher sein!«

»Wie unglücklich ich bin«, wiederholte Julie unter verdoppelten Tränen, indem sie ihm kräftig die Hand drückte.

»Doch selbst wenn Sie mich begriffen hätten, gnädige Frau«, fuhr Darcy mit jenem Ausdrucke ironischer Melancholie fort, der ihm eigentümlich war, »was würde sich daraus ergeben haben? Ich war ohne Vermögen, Ihres war beträchtlich; Ihre Mutter würde mich verachtungsvoll zurückgewiesen haben. Ich war von vornherein verworfen. Sie selber, ja ... Sie, Julie, würden, ehe Ihnen eine verhängnisvolle Erfahrung bewiesen hat, wo, ach, das wahre Glück ist, zweifelsohne über meine Dreistigkeit gelacht haben, und ein schön lackierter Wagen mit einer Grafenkrone auf dem Schlage würde damals gewißlich das sicherste Mittel gewesen sein Ihnen zu gefallen.«

»O Himmel! Und Sie auch! Niemand will also Mitleid mit mir haben?«

»Verzeihen Sie mir, liebe Julie«, rief er selber sehr bewegt, »verzeihen Sie mir, ich bitte Sie inständigst. Vergessen Sie diese Vorwürfe; nein ich habe nicht das Recht, Ihnen welche zu machen, ich ... Ich bin schuldiger als Sie ... Ich habe Sie nicht zu schätzen gewußt. Hab' Sie für schwach gehalten wie die Frauen der Welt, in der Sie lebten, habe an Ihrem Mute gezweifelt, liebe Julie, und bin grausam dafür bestraft worden!« ... Feurig küßte er ihr die Hände, die sie nicht mehr zurückzog; er wollte sie an seine Brust drücken ... Julie aber stieß ihn mit einem lebhaften Furchtausdruck zurück und entfernte sich soweit von ihm, wie es die Wagenbreite ihr erlauben konnte.

Worauf Darcy mit einer Stimme, deren Süße den Ausdruck sogar herzergreifender machte: »Entschuldigen Sie, gnädige Frau, ich hatte Paris vergessen. Ich erinnere mich jetzt, daß man sich dort wohl verheiratet, aber nicht liebt!«

»O ja, ich liebe Sie«, murmelte sie schluchzend, und ließ ihren Kopf auf Darcys Schulter sinken. Entzückt preßte Darcy sie in seine Arme und suchte ihre Tränen durch Küsse aufzuhalten. Sie versuchte nochmals sich aus seiner Umschlingung loszumachen, diese Bemühung aber war die letzte, die sie unternahm.

12.

Darcy hatte sich über die Natur seiner Wallung getäuscht: er mußte es sich wohl sagen, er war nicht verliebt. Er hatte eine Frauengunst hingenommen, die sich ihm an den Kopf zu werfen schien und es wohl wert war, daß man sie sich nicht entgehen ließ. Wie alle Männer übrigens war er viel beredsamer, um zu bitten, als um zu danken. Indessen war er höflich, und Höflichkeit ersetzt oft die achtungswertesten Gefühle. Als der erste Wonnerausch vergangen war, sagte er Julien also zärtliche Phrasen her, die er ohne allzugroße Mühe zusammensetzte und mit zahlreichen Handküssen begleitete, die ihm ebensoviele Worte ersparten. Ohne Bedauern sah er, daß der Wagen bereits an den Schranken war, und daß er sich in wenigen Minuten von seiner Eroberung trennen mußte. Frau von Chavernys Schweigen inmitten seiner Beteuerungen, die Niedergeschlagenheit, in der sie versunken schien, machten ihres neuen Liebhabers Lage schwierig, ja sogar, wenn ich es zu sagen wage, verdrießlich.

Unbeweglich saß sie in einer Wagenecke und preßte ihren Schal mechanisch gegen ihren Busen. Sie weinte nicht mehr; ihre Augen waren starr, und wenn Darcy ihre Hand nahm, um sie zu küssen, so fiel diese Hand, sobald sie freigegeben wurde, schier wie tot auf ihre Knie zurück. Sie sprach nicht, hörte kaum zu; eine Menge zerfleischender Gedanken aber stellten sich auf einmal ihrem Geiste dar, und wenn sie einem davon Ausdruck geben wollte, kam ein anderer sofort, um ihr den Mund zu schließen. Wie soll man das Chaos dieser Gedanken oder vielmehr dieser Bilder wiedergeben, die einander mit ebensolcher Schnelligkeit wie die Schläge ihres gequälten Herzens folgten? Sie glaubte in ihren Ohren Worte ohne Zusammenhang und ohne Folge, die aber einen schrecklichen Sinn hatten, zu hören. Am Morgen hatte sie ihren Gatten angeklagt, er war gemein in ihren Augen; jetzt war sie hundertmal verächtlicher. Ihre Schande schien ihr bereits öffentlich zu sein ... Des Herzogs von H... Geliebte würde sie nun ihrerseits zurückstoßen, ... Frau Lambert, alle ihre Freunde wollten sie nicht mehr sehen ... Und Darcy? ... Liebte er sie? ...

Er kannte sie kaum ... Er hatte sie vergessen ... Hatte sie nicht sofort wiedererkannt ... Vielleicht hatte er sie sehr verändert gefunden ... Er war kalt gegen sie; dies hier war der Gnadenstoß. Ihre Begeisterung für einen Menschen, der sie kaum kannte, der ihr keine Liebe gezeigt hatte, ... sondern nur Höflichkeit ... Unmöglich war's, daß er sie liebte ... Sie selbst, liebte sie ihn? ... Nein, da sie sich verheiratet hatte, als er eben erst abgereist war.

Als der Wagen in Paris einfuhr, schlugen die Uhren eins. Um vier Uhr hatte sie Darcy zum ersten Male gesehen ... ja, gesehen ... sie konnte nicht sagen wiedergesehen ... Sie hatte seine Gesichtszüge, seine Stimme vergessen; er war ein Fremder für sie ... Neun Stunden nachher war sie seine Geliebte geworden! ... Neun Stunden hatten genügt für diese merkwürdige Verzauberung ... hatten genügt, damit sie in ihren eigenen Augen, in Darcys Augen selber entehrt wurde, denn was mußte er von einer so schwachen Frau denken? Mußte er sie nicht verachten?

Manchmal belebte sie wieder etwas Darcys süße Stimme und die zärtlichen Worte, die er an sie richtete. Dann bemühte sie sich zu glauben, daß er die Liebe, von der er sprach, wirklich fühle. Sie hatte sich nicht so leichtsinnig hingegeben ... Ihre Liebe währte schon lange, ehe Darcy sie verlassen hatte ... Darcy mußte wissen, daß sie sich nur des Unwillens wegen, den seine Abreise in ihr erregt, verheiratet hatte ... Das Unrecht war auf Darcys Seite ... Dennoch hatte er sie während seiner langen Abwesenheit stets geliebt ... Und bei seiner Rückkehr war er glücklich gewesen, sie ebenso beständig wie sich wiederzusehn ... Der Freimut ihres Geständnisses, selbst ihre Schwäche mußte Darcy gefallen, der Heuchelei verabscheute ... Die Absurdität dieser Einreden wurde ihr bald klar ... Die tröstenden Gedanken vergingen, und der Scham und der Verzweiflung blieb sie als Beute zurück.

Einen Augenblick wollte sie ausdrücken, was sie fühlte. Sie stellte sich vor, daß sie von der Gesellschaft geächtet, von ihrer Familie aufgegeben worden sei. Nachdem sie ihren Mann so schwer beleidigt, erlaubte ihr Stolz ihr nicht, ihn je wiederzusehen ... Ich bin von Darcy geliebt; ich kann nur ihn lieben ... Ohne ihn kann ich nicht glücklich sein ... ganz glücklich werde ich mit ihm. Gehen wir zusammen an einen Ort, wo ich niemals ein Gesicht sehen kann, das mich erröten macht. Er soll mich mit sich nach Konstantinopel nehmen! ...

Darcy war himmelweit davon entfernt zu erraten, was in Julies Herzen vor sich ging. Eben hatte er bemerkt, daß sie in die von Frau von Chaverny bewohnte Straße einlenkten, und zog höchst kaltblütig seine Glacéhandschuhe wieder an.

»Übrigens«, sagte er, »muß ich Herrn von Chaverny offiziell vorgestellt werden. Ich vermute, wir werden bald gute Freunde sein ... Von Frau Lambert eingeführt, werd' ich eine ehrenvolle Stellung in Ihrem Hause haben. Kann ich Sie, da Ihr Mann auf dem Lande ist, inzwischen sehn?« Das Wort erstarb auf Julies Lippen. Jedwede Äußerung Darcys war ein Dolchstoß. Wie von Flucht, von Entführung mit diesem so ruhigen, so kalten Manne reden, der nur daran dachte, seine Liebschaft in der bequemsten Weise für den Sommer zu regeln? In Wut zerriß sie die Goldkette, die sie um ihren Hals trug, und drehte die Glieder zwischen ihren Fingern. Der Wagen hielt vor der Tür des Hauses, das sie bewohnte. Darcy war eifrig bestrebt, ihr den Schal über die Schultern zu legen, ihr den Hut schicklich aufzusetzen. Als der Schlag aufgemacht wurde, bot er ihr mit der ehrfurchtvollsten Miene die Hand, Julie aber sprang zu Boden, ohne sich auf ihn stützen zu wollen.

»Ich möchte Sie um die Erlaubnis bitten, gnädige Frau«, sagte er, sich tief verbeugend, »mich nach Ihrem Ergehen erkundigen zu dürfen!«

»Leben Sie wohl!« sagte Julie mit erstickter Stimme. Darcy stieg wieder in sein Kupé und ließ sich nach Hause fahren, wobei er wie ein mit seinem Tagewerk sehr zufriedener Mensch vor sich hinpfiff.

13.

Sobald Darcy in seinem Junggesellenzimmer war, schlüpfte er in einen türkischen Schlafrock, zog Pantoffeln an, stopfte seine lange Pfeife, deren Rohr aus bosnischem Vogelkirschbaumholz und deren Mundstück aus weißer Ambra bestand, mit Latakietabak und begann zu rauchen, indem er sich in einem fest gepolsterten und mit Maroquinleder bezogenen Sessel ausstreckte. Leuten, die erstaunen sollten, ihn im Augenblicke, wo er vielleicht poetischer hätte träumen müssen, bei einer so gewöhnlichen Beschäftigung zu sehen, muß ich sagen, daß eine gute Pfeife für Träumerei nützlich, wenn nicht notwendig ist, und daß das wahre Mittel, ein Glück recht zu genießen, darin besteht, es mit einem anderen Glücke zu verbinden. Einer meiner Freunde, ein sehr sinnlicher Mensch, macht nie einen Brief seiner Geliebten auf, bevor er nicht seine Kravatte abgelegt, wenn es Winter ist, ein Feuer angezündet und sich auf ein bequemes Sofa geworfen hat.

»Wahrlich«, sagte Darcy sich, »ich wäre ein großer Narr gewesen, wenn ich, Tyrrels Rate folgend, mir eine griechische Sklavin gekauft und mit nach Paris genommen hätte. Potzblitz! Das wäre gewesen, als ob man, wie mein Freund Haleb-Effendi sagt, Feigen nach Damaskus trüge! Die Zivilisation hat während meiner Abwesenheit einen großen Schritt vorwärts getan; und es sieht nicht aus, als ob die Strenge bis zum Übermaße getrieben würde ... Der arme Chaverny! ... Ach, ach; wenn ich trotzdem vor etlichen Jahren reich genug gewesen wäre, würde ich Julie geheiratet haben und Chaverny hätte sie etwa heute Abend zurückgebracht. Wenn ich mich je verheirate, will ich meiner Frau Wagen oft nachsehen, damit sie keiner fahrender Ritter bedarf, die sie aus den Gräben ziehn ... Nun, protokollieren wir es nur. Alles in allem ist sie eine sehr hübsche Frau, besitzt Verstand und wäre ich nicht so alt wie ich bin, hinge es nur von mir ab zu glauben, daß ich sie meinem wunderbaren Verdienste verdankte! ... Ach, mein wunderbares Verdienst! ... Wehe, wehe, in einem Monate vielleicht wird mein Verdienst auf dem Niveau des jenes Herrn mit Schnurrbart stehen ... Potzblitz! Gern wollte ich, daß die kleine Nastasia, die ich so lieb gehabt habe, lesen und schreiben könnte und mit anständigen Leuten über was zu reden vermöchte, denn ich glaube, sie ist die einzige Frau, die mich geliebt hat ... Armes Kind!« ... Seine Pfeife ging aus und er schlief bald ein.

14.

Beim Betreten ihres Gemachs sammelte Frau von Chaverny all ihre Kräfte, um ihrer Kammerfrau in einer ungezwungenen Weise zu sagen, daß sie ihrer nicht bedürfe; sie solle sie allein lassen. Sobald das Mädchen hinausgegangen war, warf sie sich auf ihr Bett und hub da an bitter zu weinen, jetzt, wo sie sich allein befand und wo Darcys Anwesenheit ihr keinen Zwang mehr auferlegte.

Wie auf physische Schmerzen hat die Nacht sicherlich einen sehr großen Einfluß auf moralische Leiden. Allem verleiht sie eine düstere Farbe und die Bilder, die am Tage gleichgültig oder gar lachend sein würden, beunruhigen und quälen uns nachts wie Gespenster, welche nur im Finstern mächtig sind. Während der Nacht, scheint es, verdoppelt das Denkvermögen seine Tätigkeit und die Vernunft verliert ihre Herrschaft. Eine Art innere Phantasmagorie verwirrt und schreckt uns, ohne daß wir die Kraft haben, die Ursache unserer Schrecken zu entfernen oder ihre Realität kalt zu prüfen. Man stelle sich die arme Julie halb angekleidet auf ihrem Bette ausgestreckt, sich unaufhörlich aufregend, bald von einer glühenden Hitze verzehrt, bald von einem durchdringenden Schauder erstarrt, beim geringsten Knacken des Getäfels zusammenfahrend und deutlich die Schläge ihres Herzens hörend, vor. Von ihrer Lage behielt sie nur eine unklare Angst zurück, deren Ursache sie vergebens suchte. Dann ganz plötzlich ging ihr die Erinnerung an diesen verhängnisvollen Abend ebenso schnell wie ein Blitz durch den Kopf und mit ihr erwachte wieder ein lebhafter Schmerz, der so stechend war wie der, den ein glühendes Eisen in einer vernarbenden Wunde erzeugt.

Bald schaute sie ihre Lampe an, indem sie mit stumpfer Beharrlichkeit das Flackern der Flamme betrachtete, bis die Tränen, die sich –

warum wußte sie nicht – in ihren Augen sammelten, sie das Licht zu sehen hinderten ... »Wozu diese Tränen?« fragte sie sich. »Ach, ich bin entehrt!«

Bald zählte sie die Quasten ihrer Bettvorhänge, konnte ihre Anzahl aber nimmer behalten ... ›Was ist denn das für ein Wahnsinn?‹ dachte sie. ›Wahnsinn? Ja, denn vor einer Stunde habe ich mich wie eine elende Kurtisane einem Manne hingegeben, den ich nicht kannte.‹

Mit stumpfsinnigem Auge verfolgte sie dann den Zeiger ihrer Standuhr mit der Angst eines Verurteilten, welcher die Stunde seiner Todespein sich nähern sieht. Plötzlich schlug die Uhr. »Vor drei Stunden«, sagte sie, bebend auffahrend, »war ich mit ihm zusammen und bin entehrt!«

Die ganze Nacht verbrachte sie in solcher Fiebererregung. Als der Tag erschien, öffnete sie das Fenster und die frische und schneidende Morgenluft brachte ihr einige Linderung. Über die Balustrade ihres Fensters gebeugt, das nach dem Garten ging, sog sie die frische, kalte Luft mit einer gewissen Wollust ein. Ihre Gedankenverwirrung zerstreute sich ein wenig. Den vagen Qualen, dem Wahnsinn, die sie peinigten, folgte eine konzentrierte Verzweiflung, welche damit verglichen Ruhe war.

Man mußte einen Entschluß fassen. Sie gab sich nun damit ab zu suchen, was sie zu tun hatte. Nicht einen Augenblick verweilte sie bei dem Gedanken Darcy wiederzusehen. Das schien ihr unmöglich; bei seinem Anblick würde sie vor Scham gestorben sein. Sie mußte Paris verlassen, wo in zwei Tagen jedermann mit Fingern auf sie zeigen würde. Ihre Mutter war in Nizza; sie wollte zu ihr gehn, ihr alles gestehn; wenn sie dann ihr Herz ausgeschüttet, hatte sie nur noch eins zu tun: irgend einen einsamen, den Reisenden unbekannten Ort in Italien zu suchen, wo sie allein leben und bald sterben könnte.

Nachdem sie diesen Entschluß einmal gefaßt, befand sie sich viel ruhiger. Sie setzte sich vor einen kleinen Tisch dem Fenster gegenüber und den Kopf in ihren Händen weinte sie, doch diesmal ohne Bitterkeit. Ermüdung und Abgeschlagenheit überwältigten sie endlich und sie schlief ein oder hörte vielmehr eine Stunde etwa zu denken auf.

Mit Fieberfrost erwachte sie. Das Wetter hatte sich verändert, der Himmel war grau und ein feiner und eisiger Regen meldete für den ganzen Rest des Tages Kälte und Feuchtigkeit an. Julie klingelte ihrer Kammerfrau. »Meine Mutter ist krank«, sagte sie zu ihr, »ich muß auf der Stelle nach Nizza fahren. Packen Sie einen Koffer, in einer Stunde will ich fort.«

»Aber, gnädige Frau, was haben Sie? Sind Sie nicht krank? ... Gnädige Frau sind nicht schlafen gegangen! ...« rief die Kammerfrau, durch den Wechsel, den sie auf ihrer Herrin Zügen bemerkte, überrascht und beunruhigt.

»Ich will abreisen«, sagte Julie ungeduldig, »muß durchaus abreisen. Packen Sie mir einen Koffer!«

Bei unserer modernen Zivilisation genügt nicht ein simpler Willensakt, um von einem Orte an einen anderen zu reisen. Man hat einen Paß nötig, muß Pakete machen, Kartons fortschaffen, sich mit hundert langweiligen Vorbereitungen beschäftigen, die hinreichen, um einem die Reiselust zu nehmen. Julies Ungeduld aber kürzte alle diese notwendigen Langweiligkeiten sehr ab. Sie ging und kam von Zimmer zu Zimmer, half selber die Koffer packen, indem sie unordentlich die Nachthauben und die an achtsamere Behandlung gewöhnten Kleider hineinstopfte. Dennoch trug die Bewegung, die sie sich machte, mehr dazu bei ihre Dienstboten aufzuhalten als anzutreiben.

»Gnädige Frau haben den Herrn zweifelsohne davon in Kenntnis gesetzt?« fragte die Kammerfrau furchtsam.

Ohne ihr zu antworten, nahm Julie Papier; sie schrieb: »Meine Mutter ist krank in Nizza. Ich gehe zu ihr.« Sie faltete das Papier vierfach, konnte sich aber nicht entschließen, eine Adresse darauf zu setzen.

Mitten in den Abreisevorbereitungen trat ein Dienstbote ein: »Herr von Châteaufort«, sagte er, »fragt, ob die gnädige Frau zu sprechen ist; auch ein anderer Herr ist da, der zu gleicher Zeit gekommen ist, den ich nicht kenne; aber hier ist seine Karte.«

Sie las: E. Darcy, Gesandtschaftssekretär.

Kaum konnte sie einen Schrei unterdrücken.

»Ich bin für niemanden zu Hause!« rief sie. »Sagen Sie, ich wäre krank. Sagen Sie nicht, daß ich abreisen will!«

Sie konnte sich nicht erklären, wie Darcy und Châteaufort sie zu gleicher Zeit besuchten; und in ihrer Verwirrung zweifelte sie nicht daran, daß Darcy Châteaufort bereits zu seinem Vertrauten ausersehen hatte. – Nichts war indessen einfacher als ihre gleichzeitige Anwesenheit. Von dem nämlichen Motiv hergeführt, waren sie sich an der Tür begegnet, und nachdem sie einen sehr kühlen Gruß ausgetauscht, hatten sie einander ganz leise sich aufrichtig zum Teufel gewünscht. Auf des Dieners Antwort gingen sie gemeinsam die Treppe hinunter, grüßten sich von neuem noch kühler und entfernten sich jeder in einer entgegengesetzten Richtung.

Châteufort hatte die besondere Aufmerksamkeit bemerkt, die Frau von Chaverny Darcy gewidmet hatte; von dem Momente an haßte er ihn. Darcy seinerseits, der sich etwas darauf zu gute tat, Physiognomiker zu sein, hatte Châteauforts bestürzte Miene nicht beobachten können, ohne daraus zu schließen, daß er Julie liebte. Und da er in seiner Diplomateneigenschaft darauf bedacht war, das Böse a priori anzunehmen, hatte er sehr leichtfertig daraus geschlossen, daß Julie Châteaufort gegenüber nicht grausam sei.

»Diese seltsame Kokette«, sagte er beim Hinausgehn zu sich selber, »wird uns nicht zusammen haben empfangen wollen, da sie eine Erklärungsszene wie die im ›Misanthrop‹ fürchtet ... Sehr dumm aber bin ich gewesen, nicht irgend einen Vorwand zu finden, um dazubleiben und jenen jungen Gecken fortgehn zu lassen. Wenn ich nur gewartet hätte, bis er den Rücken gekehrt, würde ich sicherlich vorgelassen worden sein; hab' ich doch den unbestreitbaren Vorteil der Neuheit vor ihm.«

Indem er solche Erwägungen machte, war er stehn geblieben, dann umgekehrt; dann betrat er Frau von Chavernys Haus wieder. Châteaufort, der sich mehrere Male umgedreht hatte, um ihn zu beobachten, war auf dem selben Wege wieder zurückgekommen und hatte sich an einer Straßenkreuzung in einiger Entfernung aufgestellt, um ihn zu überwachen.

Darcy sagte zu dem Diener, der überrascht war ihn wiederzusehn, er hätte vergessen ihm ein Wort für seine Herrin zu geben, da es sich um eine eilige Sache und um einen Auftrag handle, den ihm eine Dame für Frau von Chaverny gegeben habe. Da er sich erinnerte, daß Julie englisch verstand, schrieb er mit Bleistift auf seine Karte: *Begs leave to ask when he can show madame de Chaverny his turkish Album.* – Er gab die Karte dem Diener und sagte, er wolle auf Antwort warten. Die Antwort ließ lange auf sich warten. Endlich kam der Diener sehr verwirrt zurück. – »Die gnädige Frau«, sagte er, »fühlt sich gerade schlecht und leidet augenblicklich zu sehr, um Ihnen antworten zu können!« – All das hatte eine Viertelstunde gedauert. Darcy glaubte nicht recht an eine Ohnmacht, aber es war ganz augenscheinlich, daß man ihn nicht sehen wollte. Philosophisch faßte er seinen Entschluß; und da er sich erinnerte, daß er in der Gegend dort Besuche zu machen hatte, ging er fort, ohne sich über diesen Querstrich, der durch seine Rechnung gezogen wurde, weiter zu ärgern.

Châteaufort erwartete ihn in einer wütenden Unruhe. Als er ihn vorbeigehen sah, zweifelte er nicht, daß sein Nebenbuhler glücklich sei, und nahm sich fest vor, die erste Gelegenheit beim Schopfe zu ergreifen, um sich an der Treulosen und ihrem Mitschuldigen zu rächen. Major Perrin, der ihm zu gelegener Zeit begegnete, gestand er das alles; der tröstete ihn nach bestem Vermögen, nicht ohne ihm die geringe Wahrscheinlichkeit seiner Verdächtigungen vor Augen zu führen.

15.

Tatsächlich war Julie beim Empfange von Darcys zweiter Karte ohnmächtig geworden. Ihrer Ohnmacht folgte ein Blutspucken, das sie sehr schwächte. Ihre Kammerfrau hatte ihren Arzt holen lassen, Julie aber weigerte sich hartnäckig ihn zu sehn. Gegen vier Uhr waren die Postpferde angekommen, die Koffer aufgeschnallt, alles war zur Abreise bereit. Julie stieg in den Wagen, schrecklich hustend und in einem mitleiderregenden Zustande. Den Abend und die ganze Nacht über sprach sie nur mit dem auf dem Kaleschentritt sitzenden Kammerdiener, und einzig nur, damit er die Postillone zur Eile antriebe. Sie hustete immer und schien schreckliche Brustschmerzen zu haben, ließ aber nie eine Klage hören. Morgens war sie so schwach, daß sie ohnmächtig wurde, als man das Wagenfenster öffnete. Man stieg in einer elenden Herberge ab, wo man sie zu Bett legte. Ein Dorfarzt ward gerufen; er traf sie in heftigem Fieber an und verbot ihr die Reise fortzusetzen. Dennoch wollte sie immer weiter. Am Abend setzte das Delirium ein und alle bedenklichen Symptome vermehrten sich. Ständig redete sie und zwar mit einer so großen Schnelligkeit, daß man sie nur sehr schwer verstehen konnte. In ihren unzusammenhängenden Reden kamen Darcys, Châteauforts und Frau Lamberts Namen häufig wieder. Die Kammerfrau schrieb an Herrn von Chaverny, um ihm die Krankheit seiner Frau zu melden. Aber sie war fast dreißig Meilen fern von Paris, Chaverny jagte beim Herzog von H... und die Krankheit machte so rapide Fortschritte, daß es zweifelhaft war, ob er zur Zeit einträfe. Der Kammerdiener war indessen zu Pferde in der Nachbarstadt gewesen und hatte einen Arzt mitgebracht. Der tadelte seines Kollegen Vorschriften, erklärte, man habe ihn sehr spät gerufen, die Krankheit sei ernst.

Das Fieber hörte mit Tagesanbruch auf und Julie schlief dann fest ein. Als sie aufwachte, zwei oder drei Stunden nachher, schien sie sich nur mit Mühe zu erinnern, welcher Kette von Geschehnissen zufolge sie sich in einem schmutzigen Herbergszimmer im Bette befinde. Dennoch kam ihr das Gedächtnis bald wieder. Dann, nachdem sie anscheinend lange, die Hand auf ihre Stirn heftend, nachgedacht hatte, verlangte sie Tinte und Papier und wollte schreiben. Ihre Kammerfrau sah sie Briefe anfangen, die sie, nachdem sie die ersten Worte geschrieben hatte, zerriß. Zu nämlicher Zeit gebot sie, man solle die Papierfetzen verbrennen. Die Kammerfrau sah auf verschiedenen Stücken das Wort: »Mein Herr« stehen, was ihr ungewöhnlich erschien, wie sie sagte, denn sie glaubte, daß die gnädige Frau an ihre Mutter oder ihren Gatten schreiben wollte. Auf einem andern Fragmente las sie: »Sie müssen mich sehr verachten ...«

Länger als eine halbe Stunde versuchte sie vergebens diesen Brief zu schreiben, der sie lebhaft zu beschäftigen schien. Endlich erlaubte ihr das Schwächerwerden ihrer Kräfte nicht mehr fortzufahren: sie schob das Pult weg, das man auf ihr Bett gestellt hatte, und sagte mit verstörter Miene zu ihrer Kammerfrau:

»Schreiben Sie selbst an Herrn Darcy!«

»Was soll ich schreiben, gnädige Frau?« fragte die Kammerfrau in ihrer Überzeugung, das Delirium setze wieder ein.

»Schreiben Sie, er kenne mich nicht … ich kenne ihn nicht …«

Und niedergeschlagen sank sie auf ihr Kopfkissen zurück. Das Delirium überkam sie und ließ nicht mehr ab von ihr. Ohne anscheinend viel gelitten zu haben, starb sie am folgenden Morgen.

16.

Drei Tage nach ihrer Beerdigung traf Chaverny ein. Sein Schmerz schien echt zu sein, und alle Dorfbewohner weinten, als sie ihn auf dem Friedhof die frischumgegrabene Erde betrachten sahen, welche seiner Frau Sarg bedeckte. Anfangs wollte er sie ausgraben und nach Paris überführen lassen. Da der Bürgermeister aber sich dem widersetzt und der Notar ihm etwas von endlosen Formalitäten erzählt hatte, gab er sich damit zufrieden einen feinkörnigen Kalkstein zu bestellen und Befehle zur Herstellung eines einfachen, aber schicklichen Grabmals zu erteilen. Châteaufort ging dieser so plötzliche Todesfall sehr nahe. Mehrere Balleinladungen sagte er ab und einige Zeit über sah man ihn nur schwarzgekleidet.

17.

In der Gesellschaft erzählte man Frau von Chavernys Tod auf verschiedene Weise. Den Einen nach hatte sie einen Traum, oder, wenn man will, ein Vorgefühl, das ihr die Krankheit ihrer Mutter anzeigte. Sie war so erschrocken darüber gewesen, daß sie sich sofort auf den Weg nach Nizza gemacht habe, trotz einer heftigen Erkältung, die sie sich auf dem Rückwege von Frau Lambert zugezogen; aus der Erkältung sei eine Lungenentzündung geworden.

Andere, Hellsehendere, behaupteten mit geheimnisvoller Miene, da Frau von Chaverny ihre Liebe zu Herrn von Châteaufort nicht habe verbergen können, hätte sie bei ihrer Mutter die Kraft suchen wollen ihr zu widerstehn. Erkältung und Lungenentzündung wären die Folgen der überstürzten Abreise gewesen. In diesem Punkte war man sich einig.

Darcy sprach nie von ihr. Drei oder vier Monate nach ihrem Tode verheiratete er sich vorteilhaft. Als er seine Verheiratung Frau Lambert anzeigte, sagte sie bei ihrem Glückwunsche zu ihm: »Wahrlich, Ihre Frau ist reizend und nur meine arme Julie würde noch besser zu Ihnen gepaßt haben. Wie schade, daß Sie zu arm für sie waren, als man sie verheiratete!«

Darcy lächelte jenes ironische Lächeln, welches ihm zur Gewohnheit geworden war, antwortete aber nichts.

Diese beiden Herzen, die sich verkannten, waren vielleicht für einander geschaffen worden.

Arsène Guillot

... Wo Paris und Phoibos Apollon
Dich, so tapfer Du bist, am scaiischen Tore verderben ...

Homer, Illias.

1.

In Sankt Rochus war die letzte Messe eben zu Ende, und der Küster machte die Runde, um die verlassenen Kapellen zuzusperren. Er wollte das Gitter eines jener aristokratischen Kirchenstühle schließen, wo manche fromme Damen sich die Erlaubnis, vor den übrigen Gläubigen ausgezeichnet, zu Gott zu beten, erkauft haben, als er bemerkte, daß noch eine Frau darinnen war, die, wie es schien, in stille Betrachtungen versunken, den Kopf auf die Rücklehne ihres Sessels neigte. »Das ist Frau von Piennes«, sagte er sich, am Kapelleneingange verharrend. Frau von Piennes war dem Küster gut bekannt. Zu jener Zeit war es für eine junge, reiche und hübsche Dame der Gesellschaft, die in die Messe ging, Altardecken schenkte und durch ihres Pfarrers Vermittlung reiche Almosen spendete, recht verdienstvoll, fromm zu sein, wenn sie mit keinem Regierungsbeamten verheiratet, nicht mit der Frau Dauphine verbunden war, und außer ihrem Seelenheile nichts durch vieles Kirchenbesuchen zu gewinnen hatte. Und so stand es um Frau von Piennes.

Der Küster hatte große Lust zum Mittagessen zu gehn, denn solche Leute essen um ein Uhr, wagte aber die fromme Sammlung eines in der Pfarrei von Sankt Rochus so geschätzten Wesens nicht zu stören. Er entfernte sich also, die ausgetretenen Schuhe auf den Fliesen klappern lassend, nicht ohne die Hoffnung, daß, wenn er den Rundgang durch die Kirche gemacht, er die Kapelle leer finden würde.

Er war bereits auf der anderen Chorseite, als eine junge Frau in die Kirche trat und neugierig um sich schauend, in einem der Seitenschiffe auf und abging. Altarblätter, Stationen, Weihwasserkessel, all diese

Gegenstände schienen ihr ebenso fremd, wie es für Sie, gnädige Frau, die heilige Nische oder die Inschriften einer Rairenser Moschee sein könnten. Etwa fünfundzwanzig Jahre war sie alt; man mußte sie aber sehr aufmerksam betrachten, um sie nicht für älter zu halten. Obwohl ihre schwarzen Augen sehr funkelten, lagen sie tief in blauen Ringen; ihre farblosen Lippen kündigten Leiden an, während eine gewisse kecke und frohe Miene in diesem Blicke lebhaft mit solch kränklichem Aussehen in Widerspruch stand. In ihrem Anzuge würden Sie eine seltsame Mischung von Nachlässigkeit und Gesuchtheit gefunden haben. Ihr mit künstlichen Blumen geschmückter Kapotthut hätte besser für eine kleine Abendgesellschaft gepaßt. Unter einem langen Kaschmirschal, deren erste Besitzerin sie nicht war, wie das geübte Auge einer Dame der Gesellschaft erraten haben würde, verbarg sich ein etwas abgenutztes Kleid aus Kattun, die Elle zu zwanzig Sous. Ein Mann endlich würde ihren Fuß bewundert haben, wenn er auch mit gewöhnlichen Strümpfen und pflaumenblauen Schuhen bekleidet war, die seit langem die Unbilden des Pflasters zu erdulden schienen. Der Asphalt, gnädige Frau, war, wie Sie sich erinnern, noch nicht erfunden worden.

Diese Frau, deren soziale Stellung Sie haben erraten können, näherte sich der Kapelle, wo Frau von Piennes sich befand; und nachdem sie die einen Moment mit etwas unruhiger und verwirrter Miene betrachtet hatte, näherte sie sich ihr, als sie sie aufstehen und im Begriffe fortzugehn sah.

»Könnten Sie mir angeben, gnädige Frau«, sagte sie mit sanfter Stimme und einem schüchternen Lächeln, »könnten Sie mir angeben, wohin ich mich wenden muß, um eine Kerze zu weihen?«

Solch eine Sprache klang zu fremd in Frau von Piennes Ohren, als daß sie sie sofort verstanden hätte. Sie ließ sich die Frage wiederholen.

»Ja, ich möchte dem heiligen Rochus eine Kerze weihen; weiß aber nicht, wem ich das Geld dafür geben muß.«

Frau von Piennes besaß eine zu aufgeklärte Frömmigkeit, um in den Volksaberglauben eingeweiht zu sein. Doch respektierte sie ihn, denn jegliche Verehrungsform hat etwas Rührendes, wie plump sie auch immer sein mag. Überzeugt, es handle sich um ein Gelübde oder etwas Ähnliches, und zu mitleidig, um aus dem Anzuge der jungen Frau mit dem rosa Hut Schlüsse zu ziehen, was Sie vielleicht furchtlos tun würden, wies sie sie an den näherkommenden Küster. Die Unbekannte dankte ihr und lief zu jenem Manne, der sie verstand, ohne daß sie alles zu sagen brauchte. Während Frau von Piennes ihr Messebuch nahm und ihre Schleier ordnete, sah sie die Kerzendame eine kleine Börse aus ihrer Tasche ziehen und daraus aus sehr vieler kleinen Münze ein einsames Fünffrankenstück nehmen und es dem Küster einhändigen, indem sie ihm ganz leise lange Ermahnungen machte, die er lächelnd anhörte.

Zu gleicher Zeit verließen sie beide die Kirche; die Kerzendame ging aber sehr schnell, und Frau von Piennes hatte sie bald aus dem Auge verloren, obwohl sie in der nämlichen Richtung ging. An der Ecke der von ihr bewohnten Straße begegnete sie ihr von neuem. Unter ihrem gebrauchten Kaschmir suchte die Unbekannte ein Vierpfundbrot zu verbergen, das sie in einem Nachbarladen gekauft hatte.

Als sie Frau von Piennes wiedersah, senkte sie den Kopf, konnte aber ein Lächeln nicht unterdrücken und verdoppelte ihre Schritte. Ihr Lächeln sagte: »Was wollen Sie? Ich bin arm! Machen Sie sich über mich lustig, ich weiß wohl, daß man in Rosakapotthut und Kaschmirschal kein Brot kauft.« Diese Mischung von Schüchternheit, Ergebung und guter Laune entging Frau von Piennes durchaus nicht.

Nicht ohne Betrübnis dachte sie an die wahrscheinliche Lage dieses jungen Mädchens. »Ihre Frömmigkeit«, sagte sie sich, »ist verdienstvoller als meine. Sicherlich ist ihre Fünffrankengabe ein viel größeres Opfer als der Überfluß, den ich, ohne mich im geringsten zu berauben, den Armen zuwende.« Dann erinnerte sie sich an die Scherflein der Witwe, die Gott angenehmer sind als die prunkenden Almosen der Reichen. »Ich tue nicht genug Gutes«, dachte sie, »tue nicht alles, was ich tun könnte.« Indem sie sich innerlich Vorwürfe machte, die sie durchaus nicht verdiente, kam sie nach Hause. Die Kerze, das Vierpfundbrot und vor allem das Opfer des einzigen Fünffrankstücks hatten Frau von Piennes Gedächtnis das Antlitz der jungen Frau, die sie für ein Beispiel der Frömmigkeit hielt, eingeprägt.

Ziemlich häufig noch begegnete sie ihr in der Straße bei der Kirche, doch niemals im Gottesdienst. Jedesmal, wenn die Unbekannte an Frau von Piennes vorbeiging, senkte sie den Kopf und lächelte sanft. Dies gar bescheidene Lächeln gefiel Frau von Piennes. Gern hätte sie eine Gelegenheit gefunden, sich dem armen Mädchen gefällig zu erweisen, das ihr anfangs Interesse eingeflößt hatte, jetzt aber ihr Mitleid erregte, denn sie hatte bemerkt, daß der rosa Kapotthut verblich und der Kaschmirschal verschwunden war. Zweifelsohne war er zur Trödlerin zurückgekehrt. Sankt Rochus hatte das Opfer, das man ihm dargebracht, augenscheinlich nicht hundertfältig vergolten.

Eines Tages sah Frau von Piennes, wie ein Sarg in Sankt Rochus hineingetragen wurde, dem nur ein reichlich schlechtgekleideter Mann folgte, der keinen Flor um seinen Hut trug. Er sah nach einem Portier aus. Seit mehr als einem Monate war sie der jungen Frau mit der Kerze nicht begegnet, und es kam ihr der Gedanke, sie wohne deren Beerdigung bei. Nichts war wahrscheinlicher, denn sie war so blaß und mager gewesen, als Frau von Piennes sie das letzte Mal gesehen hatte. Der befragte Küster erkundigte sich bei dem Manne, der dem Sarge folgte. Der antwortete, er sei Hausmeister in einem Hause Rue Louis-le-Grand; eine seiner Mieterinnen sei gestorben, eine Frau Guillot, und da sie weder Verwandte noch Freunde, nur eine Tochter gehabt, so wohne er aus reiner Herzensgüte, er, der Hausmeister, der Beerdigung einer Person bei, die ihn nichts angehe. Sofort stellte Frau von Piennes sich vor, ihre Unbekannte sei im Unglück gestorben, hinterlasse eine kleine Tochter ohne Beistand, und nahm sich vor, durch einen Geistlichen, den sie gewöhnlich für ihre guten Werke benutzte, Erkundigungen einziehen zu lassen.

Am übernächsten Tage hielt, als sie von Hause fortfuhr, ein quer über die Straße stehender Karren ihren Wagen einige Augenblicke auf. Als sie mit zerstreuter Miene durch den Vorhang guckte, sah sie das junge Mädchen, das sie für gestorben hielt, gegen einen Prellstein gelehnt. Mühelos erkannte sie sie wieder, obwohl sie bleicher und magerer denn je, und in Trauer gekleidet, doch ärmlich, ohne Handschuhe, ohne Hut war. Sie hatte einen merkwürdigen Gesichtsausdruck, statt ihres gewöhnlichen Lächelns waren ihre Gesichtszüge verzerrt, ihre großen schwarzen Augen blickten verstört; sie wandte sie nach Frau von Piennes hin, ohne sie jedoch zu erkennen, denn sie sah nichts. Aus ihrer ganzen Haltung ließ sich nicht Schmerz, sondern ein wilder Entschluß ersehen. Der Karren hatte sich entfernt, und Frau von Piennes Wagen fuhr in scharfem Trabe weiter; doch des jungen Mädchens Bild und sein verzweifelter Ausdruck verfolgten Frau von Piennes einige Stunden lang. Bei ihrer Rückkehr sah sie einen großen Menschenauflauf in ihrer Straße. Alle Portierfrauen waren vor ihren Türen und erzählten ihren Nachbarinnen etwas, dem sie mit lebhafter Teilnahme zuzuhören schienen. Besonders vor einem Hause, das dem von Frau von Piennes bewohnten benachbart war, drängten sich die Gruppen. Alle Augen waren auf ein offenes Fenster im dritten Stockwerke gerichtet, und in jedem kleinen Kreise erhoben sich ein oder zwei Arme, um es der allgemeinen Aufmerksamkeit kenntlich zu machen; dann senkten sich die Arme plötzlich zur Erde, und alle Augen folgten dieser Bewegung. Irgend ein ungewöhnliches Ereignis war eben geschehen.

Als Frau von Piennes ihr Vorzimmer durchschritt, fand sie ihre Dienerschaft verstört, jeder bemühte sich um sie, um als erster den Vorzug zu haben, ihr die große Neuigkeit des Viertels zu erzählen. Bevor sie aber eine Frage tun konnte, hatte ihre Kammerfrau gerufen:

»Ach, gnädige Frau! ... Wenn gnädige Frau wüßten! ...«

Und mit unglaublicher Schnelligkeit die Türen öffnend, war sie mit ihrer Herrin in das »Sanctum sanctorum«, will sagen ins Ankleidezimmer, eingetreten, das für das übrige Haus unzugänglich war.

»Ach, gnädige Frau«, sagte Fräulein Josephine, während sie Frau von Piennes den Schal abnahm, »ich bin ganz ab. Nimmer hab' ich etwas so schreckliches gesehn, das heißt, ich hab's nicht gesehen, obgleich ich im Augenblick hernach hingelaufen bin ... Aber trotzdem ...«

»Was ist denn nur geschehn? Erzählen Sie schnell, Kind.«

»Nun, gnädige Frau, drei Häuser von hier hat sich ein armes, unglückliches Mädchen, es ist noch keine drei Minuten her, aus dem Fenster gestürzt; wenn gnädige Frau eine Minute eher gekommen wären, würden Sie den Fall gehört haben!«

»Ach, mein Gott! Und die Unglückliche hat sich getötet?«

»Gnädige Frau, es ist entsetzlich. Baptist, der doch im Kriege gewesen ist, behauptet, nie etwas Ähnliches gesehen zu haben. Aus dem dritten Stock, gnädige Frau!«

»War sie auf der Stelle tot?«

»Oh, gnädige Frau, sie bewegte sich noch; sprach sogar. ›Man soll mir den Gnadenstoß geben!‹ hat sie gesagt. Aber ihre Knochen waren zu Brei gequetscht. Gnädige Frau können sich denken, was für einen Schups sie sich gegeben haben muß!«

»Doch die Unglückliche ... hat man ihr Hilfe gebracht? ... Hat man einen Arzt, einen Priester holen lassen? ...«

»Was einen Priester angeht, so wissen gnädige Frau besser als ich ... wenn ich aber Priester wäre ... Eine Unglückliche, die so verlassen ist, daß sie sich selbst tötet ... Überdies, sowas hat kein gutes Leben geführt ... Man sieht's häufig ... Sie ist bei der Oper gewesen, wie man mir gesagt hat ... Alle diese Mädchen endigen schlecht ... Sie hat sich aus dem Fenster gestürzt; hatte ihre Röcke mit einem rosa Bande zugebunden, und ... los!«

»'s ist das arme Mädchen in Trauer!« rief Frau von Piennes, mit sich selber redend.

»Ja, gnädige Frau; ihre Mutter ist vor drei, vier Tagen gestorben. Das hat ihr den Kopf verwirrt ... Überdies hat ihr Liebhaber sie vielleicht versetzt ... Und dann ist die Miete fällig geworden ... Kein Geld, sowas versteht nicht zu arbeiten ... Da weiß man nicht, wo einem der Kopf steht; ein böser Streich ist so schnell verübt ...«

Fräulein Josephine fuhr noch einige Zeit so fort, ohne daß Frau von Piennes antwortete. Traurig schien sie über die soeben gehörte Erzählung nachzudenken. Plötzlich fragte sie Fräulein Josephine:

»Weiß man, ob das unglückliche Mädchen alles hat, was sie für ihren Zustand benötigt? ... Leinen? ... Matratzen? ... Man soll es sogleich zu erfahren suchen!«

»Ich will von Seiten der gnädigen Frau aus hingehn, wenn gnädige Frau es wollen«, rief die Kammerfrau, entzückt, eine Frau, die sich hatte töten wollen, aus der Nähe zu sehn.

Dann, nachdenkend, fügte sie hinzu:

»Aber ich weiß nicht, ob ich die Kraft habe, sowas zu sehen; eine Frau, die aus einer dritten Etage gefallen ist! ... Als man Baptist zur Ader ließ, ist mir schlecht geworden, das hat mich umgeworfen!«

»Schön, senden Sie Baptist«, rief Frau von Piennes, »aber bald soll man mir sagen, wie es der Unglücklichen geht.«

Glücklicherweise kam ihr Arzt, Doktor P..., als sie diesen Befehl erteilte. Seiner Gewohnheit gemäß kam er jeden Dienstag, den Tag der italienischen Oper, zu ihr zu Mittag.

»Laufen Sie schnell, Doktor«, rief sie ihm entgegen, ohne ihm Zeit zu lassen, seinen Stock fortzustellen und seinen wattierten Überrock abzulegen; »Baptist wird Sie führen ... zwei Schritte von hier; ein armes junges Mädchen hat sich eben aus dem Fenster gestürzt und ist ohne Hilfe.«

»Aus dem Fenster?« sagte der Arzt. »Wenn es hoch war, hab' ich wahrscheinlich nichts mehr zu tun.«

Der Doktor hatte größere Lust zu essen, als eine Operation vorzunehmen, doch Frau von Piennes war hartnäckig, und auf das Versprechen hin, daß das Diner verschoben würde, willigte er ein, Baptist zu folgen.

Nach einigen Minuten kam letzterer allein zurück. Er verlangte Leinwand, Kopfkissen usw. Gleichzeitig brachte er den maßgebenden Entscheid des Arztes.

»Es ist nichts. Sie wird davonkommen, wenn sie nicht stirbt an ... Ich erinnere mich nicht, an was er sagte, daß sie wohl sterben würde, das hörte aber mit ›os‹ auf.«

»An Tetanos«, rief Frau von Piennes, »an Starrkrampf!«

»Eben das, gnädige Frau; doch immerhin ist's sehr gut, daß der Herr Doktor gekommen ist, denn es war da schon ein elender Arzt ohne Praxis, der nämliche, der die kleine Berthelot an den Masern behandelt hat; und sie ist bei seinem dritten Besuche gestorben.«

Nach einer Stunde erschien der Doktor wieder, leicht entpudert und sein schönes Spitzenjabot in Unordnung.

»Leute, die sich töten wollen, sind Sonntagskinder«, sagte er. »Neulich bringt man eine Frau in mein Hospital, die sich mit der Pistole in den Mund geschossen hat. Eine üble Weise! ... Sie hat sich drei Zähne ausgerissen und ein Loch in die linke Backe geschossen ... Etwas häßlicher wird sie werden, das ist alles. Die nun wirft sich aus dem dritten Stock. Ein armer braver Teufel könnte, ohne es ausdrücklich zu wollen, aus dem ersten fallen und würd' sich den Hals brechen, das Mädchen bricht sich ein Bein ... Zwei eingedrückte Rippen, vier Kontussionen, und das ist alles. Ein Schutzdach ist zufällig da, ganz gelegen, um den Fall abzuschwächen. Das ist der dritte ähnliche Fall, den ich seit meiner Rückkehr nach Paris sehe ... Die Beine sind zuerst auf den Boden gekommen; aber Schienbein und Wadenbein heilen wieder ... Schlimmer ist, daß die Kruste der Steinbutte völlig ausgetrocknet ist ... Ich fürchte sehr für den Braten und wir werden den ersten Akt Othello versäumen!«

»Und was hat Ihnen die Unglückliche gesagt, das sie getrieben hat, zu ...«

»Oh! Solche Geschichten höre ich mir nie an, gnädige Frau. Ich frage sie: ›Was haben Sie vorher gegessen?‹ usw. usw., weil das für die Behandlung wichtig ist. Potzblitz! Wenn man sich umbringt, hat man irgend einen üblen Grund. Ein Liebhaber verläßt einen, ein Hausbesitzer setzt einen vor die Tür, man springt aus dem Fenster, um ihm etwas am Zeuge zu flicken. Man ist nicht so bald in der Luft, als man's auch schon sehr bereut.«

»Sie bereut, hoffe ich, das arme Kind?«

»Zweifelsohne, zweifelsohne. Sie weinte und führte sich auf, daß mir ganz wirr wurde ... Baptist ist ein tüchtiger Hilfschirurg, gnädige Frau; machte seine Sache besser als der kleine Medizinstudent, den ich da antraf und der sich den Kopf kratzte, nicht wußte, wo er anfangen sollte ... Was peinlicher für sie ist, ist, daß, wenn sie sich getötet hätte, sie nicht an Schwindsucht gestorben wäre; denn sie ist schwindsüchtig, das gebe ich ihr schriftlich. Ich habe sie nicht auskultiert, doch die ›facies‹ trügt mich nie. Es so eilig haben, wenn man's nur gehn zu lassen braucht!«

»Sie werden sie morgen besuchen, Doktor, nicht wahr?«

»Ich muß es wohl, wenn Sie es wünschen. Habe ihr schon versprochen, daß Sie etwas für sie tun würden. Am einfachsten steckte man sie ins Hospital ... Man würde ihr da gratis einen Apparat für die

Wiedereinrenkung ihres Beins verschaffen ... Beim Worte Hospital aber schrie sie, man solle ihr den Rest geben; alle Gevatterinnen machten den Chorus. Indessen, wenn man nicht einen Sou hat ...«

»Ich werde die nötigen Ausgaben bezahlen, Doktor ... Ach, das Wort Hospital schreckt wider meinen Willen auch mich wie die Gevatterinnen, von denen Sie sprachen. Übrigens, sie in ein Hospital schaffen, jetzt, wo sie in dem schrecklichen Zustande ist, hieße sie töten.«

»Vorurteil! Pures Vorurteil der feinen Leute! Nirgendwo ist man besser aufgehoben als im Hospital, wenn ich mal ernstlich krank werde, lasse ich mich ins Hospital transportieren. Von dort aus werd' ich mich in Charons Barke einschiffen, und meinen Leichnam will ich den Studenten vermachen ... heute in dreißig oder vierzig Jahren, versteht sich. Ernsthaft, liebe Frau, bedenken Sie: Ich weiß nicht allzu genau, ob Ihr Schützling Ihrer Teilnahme auch würdig ist. Sie sieht mir ganz nach einem Opernmädchen aus ... Man muß Balletbeine haben, um einen solchen Sprung so glücklich zu machen ...«

»Aber ich hab' sie in der Kirche gesehn ... und, halt, Doktor ... Sie kennen meine Schwäche; ich baute eine ganze Geschichte auf einem Gesichte, einem Blicke auf ... Lachen Sie, soviel Sie wollen. Ich täusche mich selten. Das arme Mädchen hat neulich ein Gelübde für seine kranke Mutter getan. Ihre Mutter ist gestorben ... Dann hat sie den Kopf verloren ... Die Verzweiflung, Unglück haben sie in diese überstürzte, schreckliche Handlung getrieben.«

»Recht so! Ja, tatsächlich, hat sie oben auf dem Schädel eine Anschwellung, die Überspanntheit anzeigt. Alles, was sie sagen, ist ziemlich wahrscheinlich. Sie erinnern mich daran, daß sie oben an ihrem Gurtbett einen Buchsbaumzweig hatte. Darnach kann man auf ihre Frömmigkeit schließen, nicht wahr?«

»Ein Gurtbett! Ach, mein Gott! Armes Mädchen! ... Aber, Doktor, Sie haben Ihr spöttisches Lächeln aufgesteckt, das ich so gut kenne. Ich rede nicht von Frömmigkeit, die sie besitzt oder nicht besitzt, was mich hauptsächlich verpflichtet, mich für dies Mädchen zu interessieren, ist, daß ich mir seinetwegen einen Vorwurf zu machen habe ...«

»Einen Vorwurf? ... Ich verstehe. Zweifelsohne hätten Sie Matratzen auf die Straßen breiten müssen, um sie aufzufangen ...?«

»Ja, einen Vorwurf: ich hatte ihre Lage bemerkt, ich hätte ihr Hilfe schicken müssen; doch der arme Abbé Dubignon war bettlägerig, und ...«

»Sie müssen sich viele Gewissensbisse machen, gnädige Frau, wenn Sie glauben, es genüge nicht, wie's Ihre Gewohnheit ist, allen Bettlern etwas zu geben. Ihrer Meinung nach muß man auch noch die verschämten Armen herausfinden. – Doch, gnädige Frau, reden wir nicht mehr von Beinbrüchen, oder, vielmehr noch drei Worte. Wenn Sie meiner neuen Kranken Ihren hohen Schutz gewähren, lassen Sie ihr ein besseres Bett hinschaffen, und morgen eine Wärterin ... heute werden die Gevatterinnen genügen ... Fleischbrühen, verschiedene Tees usw. Und was nicht schlecht sein würde, schicken Sie ihr irgend einen guten Kopf unter ihren Abbés hin, der ihr die Leviten liest und ihren Mut wieder in Ordnung bringt, wie ich ihr Bein wieder in Ordnung gebracht habe. Die kleine Person ist nervös, Komplikationen könnten uns überraschen ... Sie würden ... ja, meiner Treu, Sie würden die beste Predigerin sein, doch haben Sie Ihre Sermone wohl an besserer Stelle zu halten ... Ich habe gesprochen. – Es ist achteinhalb Uhr, um Gotteswillen! Treffen Sie Ihre Vorbereitungen für die Oper. Baptist wird mir Kaffee bringen und das ›Journal des Débats‹. Den ganzen Tag bin ich so herumgelaufen, daß ich noch nicht weiß, was in der Welt vor sich geht.«

Einige Tage verstrichen, und der Kranken ging's etwas besser. Nur beklagte der Doktor sich, daß die seelische Überreiztheit sich nicht vermindere.

»Kein großes Vertrauen habe ich auf all Ihre Abbés«, sagte er zu Frau von Piennes. »Wenn Sie nicht allzu viel Widerwillen dagegen hätten, das Schauspiel des menschlichen Elends zu sehen, und ich weiß nicht, ob Sie den Mut dazu aufbringen, könnten Sie das Hirn dieses armen Kindes besser beruhigen als ein Priester von Sankt Rochus, und was mehr gilt, besser als eine Dosis Morphium.«

Frau von Piennes wünschte nichts sehnlicher, und schlug ihm vor, ihn auf der Stelle zu begleiten. Beide gingen zu der Kranken hinauf.

In einem mit drei Rohrsesseln und einem kleinen Tische ausgestatteten Zimmer lag sie auf einem guten, von Frau von Piennes geschickten Bette ausgestreckt.

Feine Laken, dicke Matratzen, ein Haufen großer Kopfkissen kündigten mitleidige Aufmerksamkeit an, deren Urheberin Sie mühelos erraten werden. Das schrecklich bleiche junge Mädchen mit glühenden Augen hatte einen Arm außerhalb des Bettes, und das Stück dieses Armes, welches aus ihrer Jacke hervorguckte, war bleifarbig, braun und blau geschlagen, und ließ erraten, in welchem Zustande ihr übriger Körper war. Als sie Frau von Piennes erblickte, hob sie den Kopf und sagte mit sanftem und traurigem Lächeln:

»Ich wußt' es wohl, daß Sie es waren, gnädige Frau, die Mitleid mit mir hatte. Ihren Namen hat man mir genannt, und ich war sicher, daß es die Dame sei, der ich in Sankt Rochus begegnete.«

Ich glaube Ihnen schon gesagt zu haben, daß Frau von Piennes sich einbildete, Menschen an ihrer Miene erkennen zu können. Sie war entzückt, an ihrem Schützling ein ähnliches Talent zu entdecken, und solch eine Entdeckung nahm sie noch mehr zu ihren Gunsten ein.

»Sie sind hier recht schlecht untergebracht, mein armes Kind!« sagte sie, ihre Blicke auf dem traurigen Zimmerhausrate spazieren schickend. »Warum hat man Ihnen keine Vorhänge gesandt? ... Man muß Baptist die kleinen Gegenstände, deren Sie bedürfen, abverlangen.«

»Sie sind sehr gütig, gnädige Frau ... was mir fehlt? Nichts ... Es ist aus ... Ein bißchen besser, ein bißchen schlechter, was macht's?«

Und den Kopf wegwendend, fing sie zu weinen an.

»Leiden Sie sehr, mein armes Kind?« fragte Frau von Piennes, sich neben ihr Bett setzend.

»Nein, nicht viel ... Nur saust immer der Wind in meinen Ohren wie bei meinem Sturze, und dann der Laut ... krach! ... als ich aufs Pflaster gefallen bin.«

»Damals waren Sie wahnsinnig, meine liebe Freundin; Sie bereuen es jetzt, nicht wahr?«

»Ja, doch wenn man unglücklich ist, hat man seinen Kopf nicht mehr beieinander.«

»Sehr bedaure ich's, Ihre Lage nicht eher gekannt zu haben. Aber, mein liebes Kind, in keinerlei Lebensumständen darf man sich der Verzweiflung überlassen.«

»Sie haben gut reden, gnädige Frau«, sagte der Doktor, der an dem kleinen Tische ein Rezept schrieb. »Sie wissen nicht, was es heißt, einen schönen jungen Mann mit Schnurrbart zu verlieren. Doch, zum Teufel, um ihm nachzulaufen, braucht man doch nicht aus dem Fenster zu springen!«

»Pfui! Doktor«, sagte Frau von Piennes, »die arme Kleine hatte zweifelsohne andere Gründe, um ...«

»Ach, ich weiß nicht, was ich hatte«, rief die Kranke, »hundert Gründe für einen. Erstens, als Mama starb, hat mir das einen Stoß versetzt. Dann habe ich mich verlassen gefühlt ... kein Mensch kümmerte sich um mich! ... Endlich hat einer, an den ich mehr als an alle Welt dachte, ... gnädige Frau, mich bis auf meinen Namen vergessen! Ja, ich heiße Arsène Guillot. G, u, i, zwei l; er schrieb mich mit einem y.«

»Ich sagt' es ja, ein Treuloser!« rief der Doktor. »Immer dasselbe! Bah, bah, meine Schöne, vergessen Sie das! Ein Mann ohne Gedächtnis verdient nicht, daß man an ihn denkt.« – Er zog seine Uhr. – »Vier Uhr?« sagte er aufstehend. »Ich werde zu spät in meine Sprechstunde kommen. Gnädige Frau, ich bitte Sie tausend und tausendmal um Entschuldigung, aber ich muß Sie verlassen; hab' nicht mal Zeit, Sie nach Hause zurückzubringen. – Leben Sie wohl, mein Kind, beruhigen Sie sich; das alles macht nichts. Sie werden auf diesem Beine ebenso gut wieder tanzen wie auf dem anderen. – Und Sie, Frau Wärterin, gehen Sie mit diesem Rezept in die Apotheke und tun Sie dann dasselbe wie gestern.«

Arzt und Wärterin waren fortgegangen; Frau von Piennes blieb allein mit der Kranken; war ein wenig beunruhigt, etwas von Liebe in einer Geschichte zu finden, die sie in ihrer Phantasie sich ganz anders zurechtgelegt hatte.

»Also, man hat Sie getäuscht, armes Kind!« fuhr sie nach einem Schweigen fort.

»Mich? Nein, wie kann man ein elendes Mädchen wie mich täuschen? ... Nur hat er nichts mehr von mir wissen wollen ... Er hat Recht gehabt, ich bin nicht, was ihm frommt. Immer ist er gut und edelmütig gewesen. Ich hab' ihm geschrieben, um ihm zu sagen, wo ich sei, und ob er wolle, daß ich mich mit ihm versöhne ... Dann hat er mir ... Dinge geschrieben, die mir viel Kummer machten ... Anderen Tags, als ich nach Hause kam, hab' ich einen Spiegel fallen lassen, den er mir geschenkt hatte, einen Venetianischen Spiegel, wie er sagte ... Der Spiegel ging entzwei ... Ich habe mir gesagt: Das ist der letzte Schlag! ... 's ist ein Zeichen, daß alles aus ist ... Ich hatte nichts mehr von ihm. Meinen Schmuck hatt' ich aufs Leihhaus gebracht ... Und dann hab' ich mir gesagt, daß, wenn ich mich zerstörte, ihm das Kummer machen, und daß ich mich damit rächen würde ... Das Fenster stand offen und ich habe mich hinausgestürzt.«

»Aber, Sie Unglückliche, der Grund war ebenso frivol, wie die Tat strafbar!«

»Schön; doch was glauben Sie? Wenn man Kummer hat, überlegt man nicht. Glückliche Menschen können gut sagen: Seid vernünftig!«

»Ich weiß; Unglück ist ein schlechter Ratgeber. Doch inmitten der schmerzlichsten Prüfungen gibt es Dinge, die man nicht vergessen darf. Ich habe Sie in Sankt Rochus vor nicht langer Zeit eine Tat der Barmherzigkeit ausüben sehn. Sie haben das Glück zu *glauben*. Die Religion, meine Liebe, hätte Sie zurückhalten müssen im Augenblicke, wo Sie sich der Verzweiflung überlassen wollten. Ihr Leben haben Sie vom lieben Gott, es gehört nicht Ihnen ... Doch ich tue Unrecht, Sie jetzt zu tadeln, arme Kleine. Sie bereuen, Sie leiden. Gott wird Erbarmen mit Ihnen haben.«

Arsène senkte den Kopf, und einige Tränen netzten ihre Wimpern.

»Ach, gnädige Frau«, sagte sie mit einem tiefen Seufzer, »Sie halten mich für besser als ich bin ... Sie halten mich für fromm ... ich bin's nicht sehr ... man hat mich nicht unterwiesen und wenn Sie mich in der Kirche eine Kerze haben weihen sehn ... so geschah's, weil ich nicht mehr wußte, wo mir der Kopf stand.«

»Nun, meine Liebe, das war ein guter Gedanke. Im Unglück soll man sich immer an Gott wenden.«

»Man hatte mir gesagt ... daß, wenn ich Sankt Rochus eine Kerze weihte, ... aber nein, gnädige Frau, ich mag Ihnen das nicht sagen. Eine Dame wie Sie weiß nicht, was man tun kann, wenn man keinen Pfennig mehr hat.«

»Vor allem muß man Gott um Mut bitten.«

»Kurz, gnädige Frau, ich will mich nicht besser machen als ich bin. Und es hieße Sie bestehlen und die Barmherzigkeit ausnutzen, die Sie mir erzeigen, ohne mich zu kennen ... Ich bin ein unglückliches leichtfertiges Mädchen ... Auf dieser Welt aber lebt man, wie man kann ... Um ein Ende zu machen, gnädige Frau, ich habe also die Kerze geweiht, weil meine Mutter sagte, wenn man Sankt Rochus eine Kerze weihe, würde einem eine Woche lang nimmer ein Mann fehlen, der sich mit einem einlasse ... Doch ich bin häßlich geworden, sehe wie eine Mumie aus ... niemand wollte mehr etwas von mir wissen ... Nun, es bleibt nur noch das Sterben übrig. Halb ist es schon geschehen!«

All das war sehr schnell gesagt worden, und zwar mit einer durch Seufzer unterbrochenen Stimme und in einem wahnsinnigen Tone, der Frau von Piennes mehr noch Entsetzen als Abscheu einflößte. Unwillkürlich entfernte sie ihren Stuhl von der Kranken Bett, vielleicht würde sie sogar das Zimmer verlassen haben, wenn nicht die Menschlichkeit, die stärker als ihr Ekel vor diesem Lustmädchen war, es ihr zum Vorwurf gemacht hätte, sie in einem Momente zu verlassen, wo sie Beute der wildesten Verzweiflung war. Einen Augenblick herrschte Schweigen, dann murmelte Frau von Piennes mit gesenkten Augen schwach:

»Ihre Mutter! Unglückliche! Was wagen Sie da zu sagen?«

»Oh, meine Mutter war wie alle Mütter ... alle Mütter von unsereinem ... Sie hatte ihre erhalten ... ich hab' sie auch erhalten ... Glücklicherweise hab' ich kein Kind gekriegt. – Ich sehe, gnädige Frau, daß ich Ihnen Angst mache ... doch was wollen Sie? ... Sie sind wohl erzogen worden, nie haben Sie gelitten. Wenn man reich ist, kann man leicht anständig sein. Ich, ich würde anständig gewesen sein, wenn ich die Mittel dazu gehabt hätte. Ich hab' viele Liebhaber besessen ... Geliebt hab' ich aber nur einen Mann. Er hat mich sitzen lassen.

Wär' ich reich gewesen, würden wir uns geheiratet, anständige Menschen in die Welt gesetzt haben ... Doch, gnädige Frau, ich rede mit Ihnen ganz freimütig von so etwas, obwohl ich genau sehe, was Sie von mir denken; und Sie haben Recht ... Aber Sie sind die einzige anständige Frau, mit der ich in meinem Leben geredet habe, und Sie sehen so gütig, so gütig aus! ... daß ich mir eben jetzt selber gesagt habe: selbst wenn sie mich kennen lernt, wird sie Mitleid mit mir haben. Ich werde sterben, und ich bitte Sie um eins: wenn ich tot sein werde, lassen Sie eine Messe für mich lesen in der Kirche, wo ich Sie zum ersten Male gesehen habe. Ein einziges Gebet, das ist alles, und ich danke Ihnen aus Herzensgrunde ...«

»Nein, Sie werden nicht sterben!« rief Frau von Piennes tief bewegt. »Gott wird Mitleid mit Ihnen haben, arme Sünderin. Sie werden Ihre Ausschweifungen bereuen, und er wird Ihnen vergeben. Wenn meine Gebete etwas für Ihre Rettung tun können, sollen Sie ihrer nicht ermangeln. Die Sie erzogen haben, sind schuldiger als Sie. Haben Sie nur Mut und hoffen Sie. Versuchen Sie vor allem ruhiger zu werden, mein armes Kind. Der Leib muß heilen; auch die Seele ist krank, doch für deren Gesundung stehe ich ein.«

Beim Sprechen war sie aufgestanden, und rollte ein Papier zwischen den Fingern, das einige Goldstücke enthielt.

»Nehmen Sie«, sagte sie, »wenn Sie Lust auf irgend etwas haben ...«
Und ließ ihr kleines Geschenk unter das Kopfkissen gleiten.

»Nein, gnädige Frau!« rief Arsène heftig, das Papier zurückstoßend. »Ich will nur von Ihnen, was Sie mir versprochen haben. Leben Sie wohl, wir werden uns nicht wiedersehn. Lassen Sie mich in ein Hospital schaffen, damit ich zu Ende komme, ohne jemandem lästig zu fallen. Nimmer würden Sie aus mir etwas Vernünftiges machen. Eine vornehme Dame wie Sie wird für mich gebetet haben; ich bin zufrieden. Leben Sie wohl.«

Und sich soweit abwendend, wie es der Apparat erlaubte, der sie an ihr Bett fesselte, verbarg sie ihren Kopf in ihrem Pfühle, um nichts mehr zu sehn.

»Hören Sie, Arsène«, sagte Frau von Piennes mit ernstem Tone, »ich habe Absichten auf Sie, will eine anständige Frau aus Ihnen machen. Das verspricht mir Ihre Reue zuversichtlich. Oft werde ich wieder zu Ihnen kommen, für Sie sorgen. Eines Tages sollen Sie mir Ihre eigene Wertschätzung verdanken.«

Und sie ergriff ihre Hand und drückte sie zart.

»Sie haben mich berührt«, schrie das arme Mädchen, »haben mir die Hand gedrückt!«

Und ehe Frau von Piennes ihre Hand zurückziehen konnte, hatte sie sie gefaßt, und bedeckte sie mit Küssen und Tränen.

»Beruhigen Sie sich, beruhigen Sie sich, meine Liebe!« sagte Frau von Piennes. »Sagen Sie mir nichts mehr. Jetzt weiß ich alles, und kenne Sie besser, als Sie sich selber kennen. Ich bin der Arzt Ihres Kopfes, Ihres armen Kopfes ... Sie sollen mir gehorchen, ich verlange es, ganz so wie Ihrem anderen Arzte. Ich werd' Ihnen einen mir befreundeten Geistlichen schicken, Sie werden ihm zuhören. Ich will Ihnen gute Bücher aussuchen, Sie werden sie lesen. Manchmal wollen wir plaudern, wenn es Ihnen dann besser geht, werden wir uns mit Ihrer Zukunft beschäftigen.«

Die Wärterin trat ein, ein Fläschchen in der Hand haltend, das sie vom Apotheker mitbrachte. Arsène weinte nur immer. Frau von Piennes drückte ihr nochmals die Hand, legte die Goldstückrolle auf den kleinen Tisch und ging fort. Mehr noch vielleicht war sie für ihre Sünderin eingenommen, als vor deren seltsamen Beichte.

»Warum, gnädige Frau, liebt man so leicht üble Existenzen? Vom verlorenen Sohne an bis auf Ihren Hund Diamant, - der jedermann beißt, und der das boshafteste Tier ist, das ich kenne, - flößt man stets umsoviel mehr Teilnahme ein, als man verdient. - Eitelkeit, pure Eitelkeit, gnädige Frau, ist das Gefühl! Freude an der besiegten Schwierigkeit! Der Vater des verlorenen Sohnes hat den Teufel besiegt und ihm seine Beute abgejagt; mit Zuckerkringeln haben Sie über Diamants üble Naturanlagen triumphiert. Frau von Piennes war stolz, die Verderbtheit einer Kurtisane besiegt, durch ihre Beredsamkeit die Schranken zerstört zu haben, die zwanzigjährige Verführung um eine arme aufgegebene Seele errichtet. Und dann vielleicht noch, - muß man's sagen, - mischte sich in den Stolz über diesen Sieg, dem Vergnügen, eine gute Tat getan zu haben, noch das Gefühl der Neugierde, die manche tugendhafte Dame verspürt, eine Frau aus solch anderer Schicht kennen zu lernen. Wenn eine Sängerin in einen Salon tritt, sah ich oft merkwürdige Blicke auf ihr ruhen. Nicht die Männer sind's, die sie am meisten betrachten. Sahen Sie nicht selber, gnädige Frau, neulich Abend im französischen Theater jene Schauspielerin aus den Varietés, die man Ihnen in einer Loge zeigte, endlos lange mit dem Operngucker an? Wie kann man zum Perseus werden? Wieviele Male stellt man sich nicht ähnliche Fragen!«

Frau von Piennes, gnädige Frau, dachte also lebhaft an Fräulein Arsène Guillot und sagte sich: ›Ich werde sie retten.‹

Sie sandte ihr einen Priester, der sie zur Reue ermahnte. Das Bereuen fiel der armen Arsène nicht schwer, denn außer einigen Stunden starker Freuden, hatte sie nur des Lebens Elend gekannt. Sagt zu einem Unglücklichen: »'s ist Deine eigene Schuld!«, so ist er nur allzusehr davon überzeugt; und wenn ihr zur nämlichen Zeit den Vorwurf mildert, indem ihr ihm einigen Trost spendet, so wird er euch segnen, und euch alles für die Zukunft versprechen. Ein Grieche sagt irgendwo, oder vielmehr der berühmte Übersetzer Amyot läßt ihn sagen:

»Der einem Menschen seine Ketten nimmt, der Tag
Raubt wahrlich seiner frühren Tugend Hälfte ihm.«

In elender Prosa will dieser Aphorismus besagen, daß das Unglück uns sanft und gelehrig wie Lämmer macht. Der Priester sagte Frau von Piennes, Fräulein Guillot sei zwar sehr unwissend, doch im Grunde nicht schlecht, und er hoffe alles Beste für ihr Heil. Tatsächlich hörte Arsène ihm aufmerksam und ehrfurchtsvoll zu. Sie las oder ließ sich Bücher vorlesen, die man ihr vorgeschrieben hatte, und ebenso prompt gehorchte sie Frau von Piennes wie sie des Doktors Vorschriften befolgte. Was ihr aber vollends des guten Priesters Herz gewann und ihrer Beschützerin als ein entschiedenes Symptom moralischer Heilung erschien, war der Gebrauch, den Arsène Guillot von einem Teile der in ihre Hände gelegten Summe machte. Sie hatte gebeten, daß eine feierliche Messe für Paméla Guillots, ihrer verstorbenen

Mutter, Seele gelesen werden solle. Sicherlich hatte nie eine Seele Fürbitten nötiger.

2.

Als Frau von Piennes eines Morgens beim Anzuge beschäftigt war, pochte ein Diener bescheiden an die Türe des Sanktuariums und händigte Fräulein Josephine eine Karte ein, die ein junger Mann eben abgegeben hatte.

»Max ist in Paris!« rief Frau von Piennes, einen Blick auf die Karte werfend. »Gehn Sie schnell, mein Kind, und sagen Sie Herrn von Salligny, er möchte mich im Salon erwarten.«

Einen Moment später hörte man im Salon Gelächter, unterdrückte kleine Juchzer, und Fräulein Josephine kam sehr rot und mit gänzlich auf ein Ohr gerutschtem Häubchen zurück.

»Was gibt's denn, mein Kind?« fragte Frau von Piennes.

»Nichts, gnädige Frau; Herr von Salligny sagte nur, ich sei so dick geworden!«

Tatsächlich konnte Fräulein Josephines Fülle Herrn von Salligny, der seit mehr denn zwei Jahren auf Reisen war, in Erstaunen setzen. Früher war er einer von Fräulein Josephines Lieblingen und einer der Verehrer ihrer Herrin. Als Neffe einer von Frau von Piennes intimen Freundinnen sah man ihn an seiner Tante Seite früher unaufhörlich bei ihr. Übrigens war es fast das einzige vornehme Haus, wo er erschien. Max von Salligny stand im Rufe, ein ziemlicher Taugenichts, ein Spieler, Streithammel, Lebemann, im übrigen aber der beste Junge auf der Welt zu sein. Er bildete die Verzweiflung seiner Tante, der Frau Aubrée, die ihn indessen vergötterte. Manchmal hatte sie versucht, ihn von dem Leben, das er führte, abzubringen, stets aber hatten seine üblen Angewohnheiten über ihre weisen Lehren den Sieg davon getragen. Max war zwei Jahre älter als Frau von Piennes; sie hatten sich seit ihrer Kinderzeit gekannt, und ehe sie verheiratet wurde, schien er sehr mit ihr zu liebäugeln. – »Meine liebe Kleine«, sagte Frau Aubrée, »wenn Sie wollten, würden Sie, das weiß ich gewiß, den Charakter da zähmen.« – Frau von Piennes – sie hieß damals Elise von Guiscard – würde vielleicht den Mut in sich gefunden haben, das Unternehmen zu wagen, denn Max war so lustig, so drollig und in einem Schlosse so unterhaltsam, auf einem Balle so unermüdlich, daß er sicherlich einen guten Ehemann abgeben mußte; Elisas Eltern aber sahen weiter. Frau Aubrée selber stand nicht allzu fest für ihren Neffen ein. Es wurde festgestellt, daß er Schulden und eine Geliebte hatte; hinzu kam ein aufsehenerregendes Duell, dessen wenig unschuldige Ursache eine Schauspielerin vom Gymnase war. Die Heirat, welche Frau Aubrée niemals recht ernstlich in Aussicht genommen hatte, wurde für unmöglich erklärt. Dann stellte sich Herr von Piennes ein, ein ernster und moralischer, überdies reicher Edelmann aus guter Familie. Wenig kann ich Ihnen über ihn sagen, nur daß er im Rufe eines Ehrenmannes stand, und daß er ihn verdiente. Er sprach wenig, wenn er aber den Mund auftat, geschah es, um irgend eine unbestreitbare, ausgezeichnete Wahrheit zu sagen. Bei zweifelhaften Fragen ahmte er »Contarts kluges Schweigen« nach. Wenn er den Gesellschaften, wo er war, keinen großen Reiz weiter verlieh, so war er doch nirgendwo nicht am Platze. Überall hatte man ihn seiner Frau wegen recht gern; doch wenn er abwesend war – auf seinen Besitzungen, wie es neun Monate des Jahres der Fall war, und namentlich im Augenblicke, wo meine Geschichte anfängt, – merkte es kein Mensch. Seine Frau selber bemerkte es nicht gerade sehr.

Nachdem Frau von Piennes ihren Anzug in fünf Minuten vollendet hatte, ging sie etwas bewegt aus ihrem Zimmer, denn Max von Sallignys Ankunft erinnerte sie an den kürzlichen Todesfall des Wesens, das sie am meisten geliebt hatte. Diesem galt, glaube ich, die einzige Erinnerung, die sich in ihrem Gedächtnisse einstellte, und solche Erinnerung war lebhaft genug, um alle lächerlichen Mutmaßungen hintanzusetzen, die ein weniger vernünftiges Wesen über Fräulein Josephines schiefsitzendes Häubchen hätte anstellen können. Als sie sich dem Salon näherte, war sie etwas verletzt, eine schöne Baßstimme zu hören, die, sich selbst auf dem Piano begleitend, fröhlich folgende neapolitanische Barcarole sang:

So leb' wohl denn, Theresa,
Theresa, leb' wohl
Und komm ich zurück dann
Soll die Hochzeit gleich sein.

Sie öffnete die Tür und unterbrach den Sänger, indem sie ihm die Hand entgegenstreckte:

»Mein armer Herr Max, wie freue ich mich, Sie wiederzusehn!«

Max sprang schnell auf und drückte ihr die Hand, sie bestürzt anschauend, ohne ein Wort finden zu können.

»Recht bedauert habe ich's«, fuhr Frau von Piennes fort, »nicht nach Rom haben reisen zu können, als Ihre gute Tante krank wurde. Ich weiß, wie Sie sie umsorgt haben, und danke Ihnen herzlich für die letzte Erinnerung, die Sie mir geschickt!«

Max' von Natur aus heiteres, um nicht zu sagen, strahlendes Gesicht nahm plötzlich einen traurigen Ausdruck an.

»Sie hat mir viel von Ihnen erzählt«, sagte er, »und bis zum letzten Augenblicke … Sie haben ihren Ring, wie ich sehe, bekommen, und das Buch, das sie noch am Morgen …«

»Ja, Max, ich danke Ihnen dafür. Als Sie mir dies traurige Geschenk sandten, teilten Sie mir mit, daß Sie Rom verließen, gaben mir aber Ihre Adresse nicht an; ich wußte nicht, wohin ich Ihnen schreiben sollte. Arme Freundin! So fern von der Heimat zu sterben! Glücklicherweise sind Sie sofort hingeeilt … Sie sind besser, als Sie scheinen wollen, Max … ich kenne Sie genau.«

»Meine Tante sagte mir während ihres Krankseins: ›Wenn ich nicht mehr auf der Welt bin, ist nur noch Frau von Piennes da, um Dich auszuschelten … (Und er konnte ein Lächeln nicht unterdrücken.) Sieh zu, daß sie es nicht allzu oft nötig hat.‹ Wie Sie sehn, gnädige Frau, kommen Sie Ihren Pflichten sehr schlecht nach.«

»Hoffentlich werd' ich jetzt eine Sinekure haben. Man sagt mir, Sie hätten sich gebessert, wären ordentlich geworden und vollständig vernünftig?«

»Und Sie täuschen sich nicht, gnädige Frau; ich habe meiner armen Tante versprochen, ein braver Junge zu werden, und …«

»Und Sie werden Wort halten, des bin ich sicher.«

»Will's versuchen. Auf Reisen ist das leichter als in Paris; indessen ... Aber, gnädige Frau, ich bin erst seit einigen Stunden hier, und schon hab' ich Versuchungen widerstanden. Als ich zu Ihnen kam, bin ich einem meiner alten Freunde begegnet, der mich eingeladen hat, mit einer Schar Taugenichtse bei ihm zu essen, und – ich hab's abgelehnt.«

»Da haben Sie recht getan.«

»Ja, doch muß ich's gestehen? Weil ich hoffte, daß Sie mich einladen würden.«

»Welch Unglück! Ich speise auswärts. Morgen aber ...«

»In dem Falle steh' ich nicht für mich ein. Für das Diner, das ich mitmachen werde, sind Sie verantwortlich.«

»Hören Sie, Max: Das Wichtigste ist, einen guten Anfang zu machen. Gehen Sie nicht zu solchen Junggesellendiners. Ich speise bei Frau Darsenay; kommen Sie abends dorthin und wir wollen plaudern.«

»Ja, aber Frau Darsenay ist ein bißchen zu langweilig; sie würde hundert Fragen an mich richten. Nicht ein Wort könnt' ich Ihnen widmen; ich werde Ungeschicklichkeiten vorbringen; und dann hat sie eine Tochter, ein langes Knochengerüst, die ist vielleicht noch nicht verheiratet ...«

»Ein reizendes Wesen ... Und was Unschicklichkeiten anlangt, so ist das eine, was Sie da über sie sprechen.«

»Wahrlich, ich habe Unrecht; doch ... heute angekommen, würde es nicht arg aufdringlich aussehn? ...«

»Nun, tun Sie, was Sie wollen; aber sehen Sie, Max, – als Ihrer Tante Freundin, habe ich das Recht, freiweg zu sprechen – gehen Sie Ihren früheren Bekanntschaften aus dem Wege. Ganz natürlich hat die Zeit alle Verbindungen abbrechen müssen, die nichts für Sie taugten, knüpfen Sie sie nicht wieder an. Solange Sie nicht ins Schlepptau genommen werden, bin ich Ihrer sicher ... In Ihrem Alter, ... unserem Alter muß man vernünftig sein. Lassen wir jedoch Ratschläge und Predigten und erzählen Sie mir lieber, was Sie getan haben, seit wir uns nicht mehr gesehn. Sie sind in Deutschland, dann in Italien gewesen, das ist alles, was ich weiß. Zweimal haben Sie mir geschrieben, mehr nicht, wenn Sie sich entsinnen können. Zwei Briefe in zwei Jahren, Sie begreifen, daß ich da nicht gerade viel von Ihnen weiß.«

»Mein Gott! Gnädige Frau, ich fühle mich recht schuldig ... aber ich bin so ... ich muß es schon sagen ... faul! ... Zwanzig Briefe an Sie hab' ich angefangen; doch was konnte ich Ihnen sagen, das Sie interessierte? ... Ich kann keine Briefe schreiben, ich ... Wenn ich jedesmal, wo ich an Sie gedacht habe, geschrieben hätte, würde alles Papier Italiens nicht gelangt haben.«

»Nun, was haben Sie getan? Wie haben Sie Ihre Zeit ausgefüllt? Daß Sie sie nicht verschrieben haben, weiß ich bereits.«

»Ausgefüllt! ... Sie wissen ja schon, daß ich leider keine Zeit nutzbringend ausfüllen kann. – Ich hab' die Augen aufgemacht, bin herumgelaufen. Ich hatte Malabsichten, doch der Anblick so vieler schöner Gemälde hat mich gänzlich von meiner unglücklichen Leidenschaft befreit. – Ach! ... und dann hat der alte Nibby fast einen Archäologen aus mir gemacht. Ja, auf seine Überredung hin hab' ich eine Ausgrabung vornehmen lassen. Ein zerbrochenes Faß und ich weiß nicht wieviele alte Scherben hat man gefunden ... Und dann habe ich in Neapel Gesangsstunden genommen, bin aber nicht viel voran gekommen ... ich hab' ...«

»Ich liebte die Musik nicht allzu sehr, obwohl Sie eine schöne Stimme besitzen und gut sangen. Das bringt Sie in Beziehung zu Leuten, denen Sie an sich schon genug nachlaufen.«

»Ich verstehe; doch in Neapel, als ich dort war, war das nicht allzu gefährlich ... Die Primadonna wog hundertfünfzig Kilo, und die zweite Sängerin hatte einen Mund wie ein Scheunentor und eine furchtbare Nase. Kurz, zwei Jahre sind verstrichen, und ich weiß nicht wie. Ich hab' nichts getan, nichts gelernt, habe aber zwei Jahre gelebt, ohne etwas davon zu merken.«

»Ich möchte Sie beschäftigt wissen, möchte an Ihnen eine lebhafte Neigung für irgend was Nützliches sehn. Die Muße fürchte ich für Sie.«

»Um es Ihnen frei heraus zu sagen, gnädige Frau, die Reisen sind in soweit für mich von Erfolg gewesen, als ich, wenn ich auch nichts tat, doch nicht mehr völlig müßig gewesen bin. Wenn man schöne Sachen sieht, langweilt man sich nicht; und ich bin, sobald ich mich langweile, immer drauf und dran, Dummheiten zu machen. Wirklich, ich bin ziemlich vernünftig geworden, und hab' sogar eine gewisse Zahl meiner Manieren, schnell Geld los zu werden, vergessen. Meine arme Tante hat meine Schulden bezahlt, und ich habe keine mehr; hab' einst genug gemacht, und will nun keine mehr. Kann als Junggeselle leben; und, da ich keinen Anspruch mehr darauf mache, reicher zu erscheinen, als ich bin, werd' ich keine Sprünge mehr machen. Sie lächeln? Hören Sie einen guten Anfang. Heute wollte mir Famin, der Freund, der mich zum Essen eingeladen hat, sein Pferd verkaufen. Fünftausend Franken ... 's ist ein prachtvolles Tier! Im ersten Moment wollte ich das Pferd haben; dann hab ich mir gesagt, daß ich nicht reich genug sei, um fünftausend Franken für eine Laune anzulegen; so werd' ich Fußgänger bleiben.«

»Das ist erstaunlich, Max; doch wissen Sie, was man tun muß, um ohne Unfall auf diesem guten Wege weiterzugehen? Sie müssen sich verheiraten.«

»Ach, mich verheiraten! ... Warum nicht? ... Wer aber wird mich wollen? Ich, der ich kein Recht habe, große Ansprüche zu machen, ich wollte eine Frau! ... Oh, nein! Es gibt keine mehr, die mir paßt ...«

Frau von Piennes errötete ein wenig, und er fuhr fort, ohne es zu merken:

»Eine Frau, die mich wollte ... Aber wissen Sie, gnädige Frau, daß das fast ein Grund sein würde, das ich sie nicht wollte?«

»Warum das? Welch eine Narrheit!«

»Sagt Othello nicht irgendwo – 's ist, glaube ich, um den Verdacht, den er auf Desdemona hat, vor sich selber zu rechtfertigen: ›Dies Weib muß einen krausen Kopf und einen verderbten Geschmack haben, weil sie mich, der ich schwarz bin, gewählt hat!‹ Kann ich nicht meinerseits sagen: Eine Frau, die mich will, muß einen merkwürdigen Geschmack haben?«

»Sie sind ein ziemlicher Taugenichts gewesen, Max, und man braucht Sie nicht noch schlechter zu machen, als Sie es sind. Hüten Sie sich, so von sich selber zu reden, denn es gibt Leute, die Ihnen aufs Wort glauben würden. Ich, ich bin sicher, wenn eines Tages ... ja, wenn Sie eine Frau sehr liebten, die Ihre volle Schätzung besäße, dann würden Sie ihr ...«

Frau von Piennes ward' es schwer, ihre Phrase zu beenden, und Max, der sie äußerst neugierig fest anschaute, half ihr in keiner Weise, ihre schlecht angelegte Periode zu Ende zu bringen.

»Sie wollen sagen«, fuhr er endlich fort, »wenn ich wirklich verliebt wäre, würde man mich lieben, weil es sich dann der Mühe lohne?«

»Ja, dann würden Sie es wert sein, auch geliebt zu werden.«

»Wenn man nur lieben müßte, um geliebt zu werden ... Nicht allzu wahr ist, was Sie da sagen, gnädige Frau ... Bah! Finden Sie mir eine mutige Frau, und ich verheirate mich, wenn sie nicht allzu häßlich ist, bin ich noch nicht alt genug, um mich nicht zu entflammen ... Sie stehn mir für das Übrige ein.«

»Woher kommen Sie jetzt?« unterbrach Frau von Piennes mit ernster Miene.

Max sprach sehr lakonisch über seine Reisen, aber doch in einer Weise, die bewies, daß er nicht wie jene Touristen gehandelt hatte, von welchen die Griechen sagen: »Koffer ist abgereist, Koffer ist zurückgekehrt!« Seine kurzen Bemerkungen zeigten einen gesunden Menschenverstand, der Meinungen nicht fertig hinnahm, da er in Wirklichkeit viel kultivierter war, als er scheinen wollte. Er zog sich bald zurück, da er bemerkte, daß Frau von Piennes den Kopf nach der Standuhr wandte, und versprach, nicht ohne einige Verwirrung, daß er abends zu Frau Darsenay kommen würde.

Indessen kam er nicht dorthin und Frau von Piennes war etwas ärgerlich darüber. Dafür war er am folgenden Morgen bei ihr, um sie um Verzeihung zu bitten, indem er sich mit Reisemüdigkeit entschuldigte, die ihn gezwungen habe, zu Hause zu bleiben; doch schlug er die Augen nieder und sprach in einem so unsicheren Tone, daß es nicht Frau von Piennes Geschicklichkeit im Gesichterlesen bedurft hätte, um zu merken, daß er leere Ausflüchte machte.

Als er mühsam zu Ende gekommen war, drohte sie ihm, ohne zu antworten, mit dem Finger.

»Sie glauben mir nicht?« sagte er.

»Nein. Glücklicherweise verstehen Sie noch nicht zu lügen. Nicht, um sich von Ihren Ermüdungen auszuruhn, sind Sie gestern Abend nicht zu Frau Darsenay gekommen, sondern sind nicht zu Hause geblieben.«

»Nun«, antwortete Max mit einem erzwungenen Lächeln, »Sie haben Recht. Ich hab mit den Nichtsnutzen im Rocher-de-Cancale gegessen, dann bin ich zum Tee bei Famin gewesen, man hat mich nicht weglassen wollen, und dann hab' ich gespielt.«

»Und haben verloren, das versteht sich von selber?«

»Nein, ich hab' gewonnen.«

»Um so schlimmer. Lieber möcht' ich, Sie hätten verloren, besonders, wenn Sie das für immer von einer ebenso dummen wie abscheulichen Angewohnheit abbringen könnte.«

Sie beugte sich auf ihre Handarbeit und hub an, mit einem etwas gemachten Fleiße zu arbeiten.

»Waren viel Leute bei Frau Darsenay?« fragte Max schüchtern.

»Nein, wenig.«

»Keine jungen Mädchen, die man heiraten kann?«

»Nein.«

»Und doch rechne ich auf Sie, gnädige Frau. Sie wissen, was Sie mir versprochen haben?«

»Daran zu denken, werden wir noch Zeit finden.«

Frau von Piennes Ton hatte etwas Trockenes und Gezwungenes, das ihm sonst nicht eigen war.

Nach einem Schweigen fuhr Max mit bescheidener Miene fort:

»Sie sind unzufrieden mit mir, gnädige Frau? Warum schelten Sie mich nicht tüchtig aus, wie es meine Tante tat, um mir hernach zu verzeihen? Nun, wollen Sie, daß ich Ihnen mein Wort gebe, nie mehr zu spielen?«

»Wenn man ein Versprechen gibt, muß man die Kraft haben, es zu halten.«

»Ein Ihnen gegebenes Versprechen, gnädige Frau, würd' ich halten; dazu fühle ich Kraft und Mut in mir.«

»Gut, Max, ich nehme an«, sagte sie, ihm die Hand hinstreckend.

»Elfhundert Franken hab' ich gewonnen«, fuhr er fort; »wollen Sie sie für Ihre Armen? Schlecht erworbenes Geld könnte nimmer besser angewandt werden.«

Sie zauderte einen Augenblick.

»Warum nicht?« sagte sie ganz laut zu sich selbst. »Nun, Max, Sie werden sich des Verweises erinnern. Auf meinem Konto werd' ich Sie für elfhundert Franken einschreiben.«

»Meine Tante sagte, das beste Mittel, keine Schulden zu haben, sei, immer bar zu zahlen.«

Und also redend zog er seine Brieftasche, um die Scheine herauszunehmen. In der geöffneten Brieftasche glaubte Frau von Piennes ein Damenbild zu sehn. Max merkte, daß sie hinschaute, errötete und beeilte sich, die Brieftasche zuzumachen und die Scheine zu überreichen.

»Ich würde die Brieftasche gern sehn, ... wenn's möglich wäre«, fügte sie boshaft lächelnd hinzu.

Max war vollständig aus der Fassung gebracht: er stotterte einige unverständliche Worte und bemühte sich Frau von Piennes Aufmerksamkeit abzulenken.

Deren erster Gedanke war gewesen, in der Brieftasche sei das Bild irgend einer schönen Italienerin; Max' augenscheinliche Verwirrung aber und die Hauptfarbe der Miniatur – das war alles, was sie hatte sehen können, – hatten bald einen andern Argwohn in ihr wachgerufen. Früher einmal hatte sie Frau Aubrée ihr Porträt geschenkt; und sie bildete sich ein, in seiner Eigenschaft als direkter Erbe habe Max sich im Rechte geglaubt, es sich anzueignen. Das erschien ihr als unglaublich unschicklich. Indessen ließ sie sich anfangs nichts davon merken, doch als Herr von Salligny sich zurückziehen wollte, sagte sie zu ihm: »Ihre Tante hatte übrigens ein Bild von mir, das ich gern wiederhaben möchte.«

»Ich weiß nicht ... Was für ein Bild? ... Wie sah's aus? ...« fragte Max mit unsicherer Miene.

Dieses Mal war Frau von Piennes entschlossen, sich nicht merken zu lassen, daß er lüge.

»Suchen Sie es«, sagte sie, so natürlich sie konnte, zu ihm. »Sie würden mir eine Freude machen.«

War es nicht das Porträt, so war sie mit Max' Fügsamkeit ziemlich zufrieden, und versprach sich, noch ein verirrtes Schaf zu retten.

Am folgenden Morgen hatte Max das Porträt gefunden und überbrachte es mit ziemlich gleichgültiger Miene. Er hatte bemerkt, daß die Ähnlichkeit nimmer groß gewesen war, und daß der Maler ihr eine steife Pose und einen strengen Gesichtsausdruck gegeben hatte, die unnatürlich waren. Von dem Augenblicke an wurden seine Besuche bei Frau von Piennes minder lang und er zeigte bei ihr eine verdrossene Miene, die sie nimmer an ihm gesehen hatte. Diese Laune schrieb sie der anfänglichen Anstrengung zu, die er sich auferlegen mußte, um seine Versprechungen zu halten und seinen üblen Neigungen zu widerstehen.

Vierzehn Tage nach Herrn von Sallignys Ankunft ging Frau von Piennes ihrer Gewohnheit gemäß zu ihrem Schützling Arsène Guillot, die sie unterdessen nicht vergessen hatte, was ich auch von Ihnen, gnädige Frau, hoffe. Nachdem sie einige Fragen über ihre Gesundheit und die Unterweisungen gestellt, die sie empfing, merkte sie, daß die Kranke noch viel anfälliger war als an den vorhergehenden Tagen und bot ihr an, ihr vorzulesen, damit sie sich nicht durch Sprechen ermüde. Das arme Mädchen hätte ganz gewiß lieber geplaudert, als einer derartigen Lektüre zu folgen, wie man sie ihr vorschlug, denn Sie können sich wohl denken, daß es sich um ein sehr ernstes Buch handelte, und Arsène hatte nur Hintertreppenromane gelesen. Es war ein frommes Buch, nach welchem Frau von Piennes griff; doch will ich es Ihnen nicht nennen, erstens, um seinem Verfasser kein Unrecht zu tun, zweitens, weil Sie mich vielleicht anklagen könnten, irgend einen boshaften Schluß gegen derartige Bücher im allgemeinen ziehen zu wollen. Es genüge, daß das fragliche Buch von einem neunzehnjährigen Jüngling stammte und besonders für die Aussöhnung verhärteter Sünderinnen geeignet war. Arsène hatte es sehr bedrückt und sie hatte deswegen in der vorhergehenden Nacht kein Auge schließen können. Auf der dritten Seite geschah, was bei jedem anderen Buche, ernsten oder nicht ernsten Inhaltes, geschehen wäre; es traf ein, was unvermeidlich war; ich will sagen, Fräulein Guillot schloß die Augen und schlief ein. Frau von Piennes merkte es, und beglückwünschte sich zu der beruhigenden Wirkung, die sie hervorgerufen hatte. Anfangs senkte sie die Stimme, um die Kranke nicht aufzuwecken, wenn sie plötzlich aufhörte, dann legte sie das Buch fort und stand leise auf, um auf den Zehenspitzen hinauszugehn. Da die Wärterin aber gewöhnlich zur Hausmeisterin hinunterging, wenn Frau von Piennes kam, denn ihre Besuche glichen ein bißchen Beichtigerbesuchen, wollte sie die Rückkehr der Wärterin abwarten. Und da sie die größte Feindin der Welt von der Muße war, suchte sie sich etwas zu tun für die Minuten, die sie bei der Schläferin wachte. In einem kleinen Kabinett hinter dem Alkoven gab es ein Tischchen mit Tinte und Papier; sie nahm dort Platz und fing an, einen Brief zu schreiben, während sie ein Mundlack in einer Tischschublade suchte, trat jemand, der die Kranke aufweckte, ungestüm ins Zimmer.

»Mein Gott! Was sehe ich?« rief Arsène mit einer so aufgeregten Stimme, daß Frau von Piennes ein Beben ankam.

»Nun, ich höre ja schöne Dinge! Was soll das heißen? Wie eine Närrin aus dem Fenster zu springen! Hat man je solch einen Mädchenschädel gesehen!«

Ich weiß nicht, ob ich die Worte genau berichte, wenigstens war das der Sinn dessen, was die eben eingetretene Person sagte, die Frau von Piennes an ihrer Stimme sofort als Max von Salligny erkannte. Es folgten einige Ausrufe, einige erstickte Schreie Arsènes, dann eine ziemlich laute Umarmung. Endlich fuhr Max fort:

»Arme Arsène, in welch einem Zustand find' ich Dich wieder? Weißt Du, daß ich Dich nimmer ausfindig gemacht haben würde, wenn Julie mir nicht Deine letzte Adresse gegeben hätte? Aber hat man je eine ähnliche Narrheit gesehn!«

»Ach, Salligny! Salligny! Wie glücklich bin ich! Wie ich nun bereue, was ich getan habe! Du wirst mich nun nicht mehr hübsch finden. Doch zürnst Du mir nicht mehr?«

»Wie einfältig Du bist«, sagte Max, »warum schreibst Du mir nicht, daß Du kein Geld hast? Warum holtest keins vom Major? Was ist denn aus Deinem Russen geworden? Ist er abgereist, Dein Kosak?«

Als Frau von Piennes Max' Stimme erkannte, war sie anfangs fast ebenso erstaunt wie Arsène. Die Überraschung hinderte sie, sich sofort zu zeigen; dann hatte sie zu überlegen begonnen, ob sie erscheinen sollte oder nicht; und wenn man horchend erwägt, entscheidet man nicht so schnell. Daraus ergab sich, daß sie den eben von mir berichteten erbaulichen Dialog hörte. Dann aber begriff sie, daß, wenn sie im Kabinett bliebe, sie sich in die Gefahr begäbe, noch mehr zu erlauschen. Sie faßte ihren Entschluß und trat ins Zimmer in jener ruhigen und stolzen Haltung, die tugendhafte Wesen nur selten verlieren, und der sie nach Bedürfnis gebieten.

»Max«, sagte sie, »Sie schaden dem armen Mädchen; entfernen Sie sich. In einer Stunde werden Sie mich bei mir sprechen.«

Totenbleich war Max geworden, als er Frau von Piennes an einem Orte erscheinen sah, wo er ihr niemals zu begegnen gedacht hätte; in der ersten Erregung wollte er gehorchen, und er machte einen Schritt nach der Tür hin.

»Du gehst?! ... Geh nicht fort!« schrie Arsène, sich mit verzweifelter Anstrengung in ihrem Bette erhebend.

»Mein Kind«, sagte Frau von Piennes, sie bei der Hand fassend, »seien Sie vernünftig. Hören Sie auf mich. Erinnern Sie sich dessen, was Sie mir versprochen haben!«

Dann warf sie einen ruhigen, aber gebieterischen Blick auf Max, der sofort hinausging. Arsène sank auf das Bett zurück. Als sie ihn hinausgehen sah, ward sie ohnmächtig.

Frau von Piennes und die Wärterin, die etwas später zurückkam, halfen ihr mit der Geschicklichkeit, die Frauen bei derartigen Fällen an den Tag legen. Nach und nach kam Arsène wieder zu Bewußtsein. Zuerst wanderten ihre Blicke durchs ganze Zimmer, wie um den dort zu suchen, den eben dort gesehen zu haben sie sich erinnerte; dann richtete sie ihre großen Augen auf Frau von Piennes, und sie fest anschauend, fragte sie:

»Ist es Ihr Gatte?«

»Nein«, antwortete Frau von Piennes leicht errötend, ohne daß jedoch die Sanftheit ihrer Stimme dadurch beeinträchtigt wurde; »Herr von Salligny ist mein Verwandter.«

Diese kleine Lüge glaubte sie sich gestatten zu dürfen, um die Macht zu erklären, die sie über ihn hatte.

»Dann liebt er Sie!« sagte Arsène.

Und heftete immer ihre Augen auf sie, die wie zwei Fackeln glühten.

Er! ... Ein Blitz glänzte auf Frau von Piennes Stirne. Einen Moment färbten sich ihre Wangen mit einem lebhaften Inkarnat, und ihre Stimme erstarb auf den Lippen, bald aber hatte sie ihre Heiterkeit wieder.

»Sie vergessen sich, mein liebes Kind«, sagte sie ernsten Tones. »Herr von Salligny hat begriffen, daß er Unrecht tat, Erinnerungen in Ihnen wachzurufen, die ihren Gedanken glücklicherweise fernliegen. Sie haben vergessen ...«

»Vergessen!« schrie Arsène mit dem Lächeln des Verdammten, das zu sehen wehtat.

»Ja, Arsène, Sie haben auf alle törichten Gedanken einer Zeit verzichtet, die nicht wiederkehren wird. Denken Sie daran, mein armes Kind, daß Sie diesem sträflichen Verhältnisse all Ihr Unglück verdanken. Denken Sie daran ...«

»Er liebt Sie nicht!« unterbrach Arsène, ohne ihr zuzuhören. »Er liebt Sie nicht und versteht einen einzigen Blick! Ich hab' Ihre und seine Augen gesehn. Ich täusche mich nicht ... Im übrigen ... es ist ja recht! Sie sind jung, schön, strahlend ... ich verkrüppelt, entstellt ... zum Sterben fertig ...«

Sie konnte nicht vollenden: Seufzer erstickten ihre Stimme, die so stark und so schmerzlich waren, daß die Wärterin rief, sie wolle den Arzt holen; denn, wie sie sagte, »der Doktor fürchtet nichts mehr als solche Krämpfe, und wenn die anhalten, geht die Kleine drauf.«

Allmählich machte die Art Energie, die Arsène in der Lebhaftigkeit selbst ihres Schmerzes gefunden hatte, einer dumpfen Abgeschlagenheit Platz, die Frau von Piennes für Ruhe hielt. Sie fuhr mit ihren Ermahnungen fort, die unbewegliche Arsène aber hörte all die schönen und guten Gründe nicht, die man anführte, um der göttlichen Liebe vor der irdischen den Vorzug zu geben. Ihre Augen waren trocken, ihre Zähne krampfhaft aufeinander gepreßt. Während ihre Beschützerin vom Himmel und der Zukunft sprach, dachte, träumte sie von der

Gegenwart. Max' plötzliche Ankunft hatte in einem Augenblicke wieder närrische Illusionen in ihr erweckt, Frau von Piennes Blick aber hatte sie noch schneller zerstreut.

Nach einem glücklichen Traume von einer Minute fand Arsène nur noch die traurige Wirklichkeit, die, weil sie sie einen Augenblick vergessen hatte, hundertmal schrecklicher geworden war.

Ihr Arzt wird Ihnen sagen, gnädige Frau, daß Schiffbrüchige, die inmitten der Hungerqualen vom Schlafe überfallen werden, träumen, daß sie bei Tische sitzen und Wohllebe halten. Noch viel hungriger wachen sie auf, und wünschten nie geschlafen zu haben. Arsène litt eine Qual, die jener der Schiffbrüchigen verglichen werden kann. Früher hatte sie Max geliebt, wie sie eben zu lieben verstand. Mit ihm hatte sie immer ins Theater gehn wollen, mit ihm amüsierte sie sich auf einer Landpartie, von ihm schwatzte sie unaufhörlich bei ihren Freundinnen. Als Max abreiste, hatte sie viel geweint, jedoch bald darauf die Huldigungen eines Russen angenommen, den als seinen Nachfolger zu sehn, Max entzückt war, weil er ihn für einen Ehrenmann, das heißt für einen freigebigen Mann hielt. Solange sie das tolle Leben der Frauen ihrer Art leben konnte, war ihre Liebe zu Max nur eine angenehme Erinnerung, die sie manchmal zum Seufzen brachte. Sie dachte daran, wie man an die Vergnügungen seiner Kindheit denkt, die niemand indessen wieder aufnehmen möchte. Als Arsène aber keine Liebhaber mehr hatte, sich verlassen sah, nur noch die Last des Unglücks und der Schande fühlte, da verklärte sich ihre Liebe zu Max in gewisser Weise, weil sie die einzige Erinnerung war, die weder Bedauern noch Gewissensbisse in ihr wachrief. Sie erhöhte sie sogar in ihren eigenen Augen, und je mehr sie sich erniedrigt fühlte, desto mehr vergrößerte sie Max in ihrer Einbildung. »Ich bin seine Geliebte gewesen«, sagte sie sich, »er hat mich geliebt«, mit einer Art Stolz, wenn sie in Gedanken an ihr Kurtisanenleben der Ekel überkam. In den Sümpfen von Minturnes kräftigte Marius seinen Mut wieder, indem er sagte: Ich habe die Zimbern besiegt! Das ausgehaltene Mädchen – ach, sie war keins mehr – hatte, um der Schande und Verzweiflung widerstehn zu können, nur die Erinnerung: Max hat mich geliebt … Er liebt mich noch! Einen Augenblick hatte sie es denken können; nun aber kam man und entriß ihr das einzige Gut, das ihr auf Erden blieb bis auf die Erinnerungen.

Während Arsène sich solch traurigen Gedanken überließ, bewies Frau von Piennes ihr mit Eifer die Notwendigkeit, für immer auf das verzichten zu müssen, was sie ihre sträflichen Verirrungen nannte. Eine feste Überzeugung macht fast gefühllos; und wie ein Arzt, ohne die Schreie des Patienten zu hören, Eisen und Feuer auf eine Wunde legt, so verfolgte Frau von Piennes mit erbarmungsloser Festigkeit ihre Aufgabe. Sie sagte, daß diese Zeit des Glücks, in welche die arme Arsen, wie um sich selber zu entgehn, sich flüchtete, eine Zeit des Verbrechens und der Schande wäre, die sie grade heute büße. Solche Illusionen müsse sie verabscheuen und aus ihrem Herzen verbannen; der Mann, zu dem sie wie zu ihrem Beschützer und fast wie zu einem Schutzgeiste aufsah, sollte in ihren Augen nichts weiter wie ein verderblicher Mitschuldiger, ein Verführer sein, den sie für immer fliehen müßte.

Das Wort Verführer, dessen Lächerlichkeit Frau von Piennes nicht fühlen konnte, ließ Arsène inmitten ihrer Tränen fast lächeln; doch ihre würdige Beschützerin merkte es nicht. Unerschütterlich fuhr sie mit ihrer Ermahnung fort, und beendigte sie mit einem Schlußsatze, der des armen Mädchens Seufzer verdoppelte, nämlich: ›Sie werden ihn nicht mehr sehn.‹«

Der eintreffende Arzt und das gänzliche Darniederliegen der Kranken erinnerten Frau von Piennes daran, daß sie hier genug getan hatte. Sie drückte Arsène die Hand im Fortgehn und sagte zu ihr:

»Mut, meine Tochter, und Gott wird Sie nicht verlassen.«

Eben hatte sie eine Pflicht erfüllt, und eine zweite, viel schwerere, blieb ihr noch. Ein anderer Schuldiger war übrig, dessen Seele sie der Reue auftun mußte; und trotz des Vertrauens, das sie aus ihrem frommen Eifer schöpfte, trotz der Herrschaft, die sie über Max ausübte und wovon sie bereits Beweise hatte, kurz, trotz ihrer guten Meinung, die sie hinsichtlich dieses ausschweifenden Menschen im Grunde des Herzens hegte, empfand sie eine seltsame Angst, wenn sie an den Kampf dachte, den sie auf sich genommen. Bevor sie solch schrecklichen Kampf begann, wollte sie Kräfte sammeln. Sie trat in eine Kirche ein und bat Gott um neue Eingebungen, um seine Sache zu verteidigen.

Als sie nach Hause kam, sagte man ihr, Herr von Salligny sei im Salon und erwarte sie seit langem. Sie fand ihn blaß, erregt und voller Unruhe. Sie setzten sich. Max wagte den Mund nicht aufzutun; und Frau von Piennes, die selber bewegt war, ohne den Grund davon tatsächlich zu wissen, verharrte einige Zeit, ohne zu sprechen, und ihn nur verstohlen anschauend.

»Max«, sagte sie, »ich will Ihnen keine Vorwürfe machen.«

Er hob den Kopf ziemlich kühn. Ihre Blicke begegneten sich und er schlug die Augen sofort nieder.

»Ihr gutes Herz«, fuhr sie fort, »sagt Ihnen in diesem Augenblick mehr, als ich es tun könnte. Die Vorsehung hat Ihnen eine Lehre erteilen wollen, und ich hege die Hoffnung, die Überzeugung ... sie wird es nicht umsonst getan haben.«

»Gnädige Frau«, unterbrach Max, »ich weiß kaum, was vorgegangen ist. Das unglückliche Mädchen hat sich aus dem Fenster gestürzt, das hat man mir gesagt, aber ich habe nicht die Eitelkeit ... ich will sagen den Schmerz ... zu glauben, daß die Beziehungen, in denen wir früher zueinander gestanden haben, diese törichte Handlung haben veranlassen können.«

»Sagen Sie lieber, Max, daß sie, als sie schlecht handelten, die Konsequenzen nicht vorhergesehen haben. Als Sie dies junge Mädchen der Ausschweifung überlieferten, dachten sie nicht daran, daß sie sich eines Tages an sich vergreifen würde.« – »Gnädige Frau«, rief Max heftig, »erlauben Sie mir zu sagen, daß Arsène Guillot durchaus nicht von mir verführt wurde. Als ich sie kennen lernte, war sie bereits verführt. Sie ist meine Geliebte gewesen, ich leugne 's nicht. Ich will sogar gestehen, ich habe sie geliebt ... wie man ein Wesen ihrer Art lieben kann. Mir gegenüber hat sie, glaub ich, etwas mehr Anhänglichkeit gehabt als gegen die anderen. Seit langem aber hatten alle Beziehungen zwischen uns aufgehört, und ohne daß sie viel Bedauern gezeigt hat. Als ich das letzte Mal Nachrichten von ihr erhielt, habe ich ihr Geld zukommen lassen; doch sie wirtschaftete schlecht ... Sie hat sich geschämt, mich nochmals um etwas zu bitten, denn sie besitzt ihren Stolz ... Das Unglück hat sie in jenen schrecklichen Entschluß hineingehetzt ... Untröstlich bin ich darüber ... Doch ich wiederhole Ihnen, gnädige Frau, bei alledem habe ich mir keinen Vorwurf zu machen.«

Frau von Piennes zerknitterte eine Handarbeit auf dem Tische, dann erwiderte sie:

»Nach den Ansichten der ›Gesellschaft‹ sind Sie zweifelsohne nicht schuldig, Sie haben keine Verantwortung auf sich geladen; aber es gibt eine andere Moral wie die der Gesellschaft, und nach deren Regeln möcht' ich Sie gern leben sehn ... Jetzt sind Sie vielleicht nicht fähig, mich zu verstehn. Lassen wir das. Um was ich Sie heute bitten möchte, ist ein Versprechen, das Sie mir nicht verweigern werden, des bin ich gewiß. Das unglückliche Mädchen hat sich der Reue ergeben. Voller Ehrfurcht hat sie die Ratschläge eines ehrwürdigen Geistlichen angehört, der sie gern hat besuchen wollen, wir haben allen Grund, das Beste für sie zu hoffen. – Sie, Sie dürfen sie nicht wieder sehn, denn ihr Herz schwankt noch zwischen Gut und Böse, und leider haben Sie weder den Wunsch, noch die Macht, ihr nützlich zu sein. Wenn Sie sie sähen, könnten Sie ihr viel Übel antun ... Darum bitte ich Sie um Ihr Wort, nicht mehr zu ihr zu gehn.«

Max machte eine überraschte Bewegung.

»Lieber Gott! Gnädige Frau, was verlangen Sie von mir? Was für ein Übel sollte ich, meinen Sie, dem armen Mädchen antun? Ist es im Gegenteil nicht eine Verpflichtung für mich, der ... ich sie in ihren leichtfertigen Zeiten gesehn habe, Sie jetzt nicht aufzugeben, wo sie krank ist, und recht gefährlich krank, wenn man mir die Wahrheit gesagt hat?«

»Zweifelsohne ist das die Moral der Welt, aber es ist nicht meine. Je ernster die Krankheit ist, desto wichtiger ist es, daß Sie sie nicht mehr sehen.«

»Aber wollen Sie bedenken, gnädige Frau, daß in dem Zustande, in welchem sie sich befindet, selbst die törichtste Prüderie unmöglich beunruhigt werden kann ... Sehen Sie, gnädige Frau, wenn ich einen kranken Hund hätte, und wenn ich wüßte, daß ihm mein Anblick etwas Freude machte, würde ich eine schlechte Handlung zu tun glauben, wenn ich ihn allein verrecken ließe. Ich kann nicht annehmen, daß

Sie, die Sie so gut und so barmherzig sind, anders denken. Erwägen Sie das. Wirklich grausam würde ich sein.«

»Eben bat ich Sie, mir dies Versprechen im Namen Ihrer guten Tante zu machen ... im Namen, der Freundschaft, die Sie für mich hegen ... jetzt verlange ich es im Namen dieses unglücklichen Mädchens selber von Ihnen: wenn Sie sie wirklich lieben ...«

»Ach, gnädige Frau, ich flehe Sie an, halten Sie doch nicht Dinge gegeneinander, die sich nicht vergleichen lassen. Glauben Sie mir bitte, es schmerzt mich unendlich, Ihnen, in was es auch sei, Widerstand zu leisten; aber wahrlich, dort, glaube ich, ist meine Ehre verpflichtet ... Das Wort mißfällt Ihnen? Vergessen Sie's. Nur, gnädige Frau, lassen Sie mich Sie meinerseits beschwören aus Mitleid mit dieser Unglücklichen ... und auch ein bißchen aus Mitleid mit mir ... wenn ich Unrecht getan habe ... wenn ich mit dazu beigetragen habe, sie in der Ausschweifung verharren zu lassen ... so muß ich jetzt Sorge für sie tragen. Abscheulich wär' es, sie aufzugeben. Nie würd' ich mir das verzeihen. Nein, ich kann' sie nicht preisgeben. Sie werden das nicht verlangen, gnädige Frau.«

»Anderer Fürsorge wird ihr nicht ermangeln. Doch antworten Sie mir, Max: lieben Sie sie?«

»Ich liebe sie ... ich liebe sie ... Nein, ich liebe sie nicht. Das ist ein Wort, das hier nicht am Platze ist ... Sie lieben: ach, nein! Ich habe bei ihr ein ernsteres Gefühl, das ich bekämpfen mußte, zu vergessen gesucht. Das scheint Ihnen lächerlich, unbegreiflich? ... Ihrer Seele Reinheit kann nicht zugeben, daß man ein derartiges Heilmittel sucht? ... Nun, es ist nicht die schlechteste Handlung meines Lebens. Wenn wir Männer nicht manchmal die Hilfe hätten, unsere Leidenschaften vom Wege abzubringen, würden wir vielleicht ... ich jetzt vielleicht aus dem Fenster gesprungen sein ... Aber ich weiß nicht, was ich sage, und sie können, mich nicht verstehn ... begreife ich mich doch selbst kaum ...«

»Ich fragte Sie, ob Sie sie lieben«, entgegnete Frau von Piennes mit gesenkten Augen und mit einigem Zaudern, »weil Sie, wenn Sie ... freundschaftliche Gefühle für sie hegten, zweifelsohne den Mut aufbringen würden, ihr etwas wehe zu tun, um ihr dann eine große Wohltat zu erweisen. Sicherlich wird der Kummer, Sie nicht zu sehen, schwer erträglich für sie sein; sehr viel bedenklicher aber würde es sein, sie heute von dem Pfade abzulenken, den sie fast durch Wunder betreten hat. Es handelt sich um ihr ›Heil‹, Max; daß sie vollkommen eine Zeit vergißt, die Ihre Anwesenheit mit allzu großer Lebhaftigkeit in ihr Gedächtnis zurückrufen würde.«

Max schüttelte den Kopf, ohne zu antworten. Er war nicht religiös, und das Wort ›Heil‹, das auf Frau von Piennes so mächtig wirkte, sprach nicht ebenso eindringlich zu seiner Seele. Über diesen Punkt aber hatte er nicht mit ihr zu streiten. Stets vermied er es sorgfältig, ihr seine Zweifel zu zeigen, und auch diesmal noch wahrte er Schweigen; leicht indessen konnte man merken, daß er nicht überzeugt war.

»Ich will die Sprache der Welt mit Ihnen reden«, fuhr Frau von Piennes fort, »wenn es unglücklicherweise die einzige ist, die sie verstehen können; tatsächlich streiten wir über eine arithmetische Rechnung: durch Ihren Anblick hat sie nichts zu gewinnen, viel aber zu verlieren, jetzt wählen Sie.«

»Gnädige Frau«, sagte Max mit bewegter Stimme, »Sie zweifeln, hoffe ich, nicht mehr, daß es hinsichtlich Arsènes meinerseits kein anderes Gefühl geben kann als ein ... recht natürliches Interesse. Welche Gefahr gibt's dabei? Keine. Zweifeln Sie an mir? Denken Sie, ich will den guten Ratschlägen, die Sie ihr geben, entgegenarbeiten? Ach, mein Gott! Glauben Sie, daß ich, der ich traurige Schauspiele, die ich mit einem gewissen Schauder fliehe, verwünsche, den Anblick einer Sterbenden mit sträflichen Absichten suche? Ich wiederhole Ihnen, gnädige Frau, für mich ist es ein Pflichtgedanke, eine Sühne, eine Züchtigung, wenn Sie wollen, die ich bei ihr suchen will.«

Bei diesem Wort hob Frau von Piennes den Kopf und sah ihn fest an mit einer überspannten Miene, die allen ihren Gesichtszügen einen erhabenen Ausdruck verlieh. – »Eine Sühne, sagen Sie, eine Züchtigung? ... Nun gut, ja! Ohne Ihr Wissen, Max, gehorchen Sie vielleicht einer ›Ankündigung von oben‹, und haben recht, sich mir zu widersetzen ... Ja, ich willige ein. Sehen Sie das Mädchen und möge sie das

Werkzeug Ihrer Rettung werden wie Sie das ihres Verderbens sein mußten.«

Wahrscheinlich verstand Max nicht ebensogut wie Sie, gnädige Frau, was eine »Ankündigung von oben« ist. Der so plötzliche Entschlußwechsel wunderte ihn, er wußte nicht, wem er ihn zuschreiben sollte, er wußte nicht, ob er Frau von Piennes danken sollte, endlich nachgegeben zu haben; in diesem Augenblicke aber beschäftigte er sich in Hauptsache damit, zu erraten, ob er das Wesen, dem zu mißfallen er vor allem fürchtete, durch seine Hartnäckigkeit ermüdet oder gerade überzeugt hatte.

»Nur, Max«, fuhr Frau von Piennes fort, »bitte ich Sie oder vielmehr fordere ich von Ihnen ...«

Einen Moment hielt sie inne, und Max machte ein Zeichen mit dem Kopfe, das ankündigte, er unterwerfe sich allem.

»Ich verlange«, fuhr sie fort, »daß Sie sie nur mit mir zusammen besuchen.«

Er machte eine erstaunte Geste, beeilte sich aber hinzuzufügen, daß er ihr gehorchen würde.

»Ich verlasse mich nicht durchaus auf Sie«, sprach sie weiter. »Ich fürchte noch, Sie verderben mein Werk, und ich will Erfolg haben. Unter meiner Bewachung werden Sie im Gegenteil ein nützlicher Helfer sein, und ich hege die Hoffnung, Ihre Unterwürfigkeit wird ihren Lohn finden.«

Mit diesen Worten streckte sie ihm die Hand hin. Es wurde abgemacht, daß Max Arsène Guillot am folgenden Morgen besuchen sollte, Frau von Piennes würde vorangehen, um sie auf diesen Besuch vorzubereiten.

Sie verstehn ihr Vorhaben? Zuerst hatte sie gedacht, sie würde Max voller Reue vorfinden und aus Arsènes Beispiel leicht den Text zu einem beredten Sermon gegen seine schlechten Leidenschaften ziehen können; doch wider ihr Erwarten lehnte er jede Verantwortung ab. Man mußte den Angriff ändern und eine einstudierte, feierliche Rede in einem entscheidenden Momente aufschieben, ist ein fast ebenso gefährliches Unterfangen wie inmitten eines unvermuteten Angriffs eine neue Schlachtordnung aufstellen. Frau von Piennes hatte kein

Manöver improvisieren können. Anstatt Max zu predigen, hatte sie mit ihm eine Schicklichkeitsfrage besprochen. Plötzlich war ihr ein neuer Gedanke gekommen. Die Gewissensbisse seiner Mittäterschaft werden ihn rühren, hatte sie gedacht. Das christliche Ende einer Frau, die er geliebt hat (und unglücklicherweise konnte sie nicht daran zweifeln, daß es nahe bevorstand) wird ihm sonder Zweifel einen entschiedenen Schlag versetzen. Auf die Hoffnung hin hatte sie sich plötzlich entschlossen, Max das Wiedersehen mit Arsène zu erlauben. Dadurch gewann sie noch die Vertagung ihrer beabsichtigten Ermahnung; denn, ich glaube es Ihnen schon gesagt zu haben, trotz ihres lebhaften Wunsches, einen Mann zu retten, dessen Verirrungen sie beklagte, schreckte sie unwillkürlich vor dem Gedanken zurück, sich auf eine so ernste Unterredung mit ihm einzulassen.

Stark gerechnet hatte sie mit der Güte ihrer Sache; am Erfolge zweifelte sie noch, und ein Nichtgelingen hieße an Max' Heil verzweifeln, hieß sich dazu verdammen, die Gefühle ihm gegenüber zu ändern. Der Teufel vielleicht, um zu vermeiden, daß sie sich gegen die lebhafte Zuneigung schütze, die sie zu einem Jugendfreunde hegte, der Teufel hatte Sorge getragen, daß sie diese Zuneigung mit einer christlichen Hoffnung rechtfertigte. Dem Versucher ist jede Waffe recht, und derartige Praktiken sind ihm vertraut, darum sagt der Portugiese so elegant: ›De boâs intencoes esta o inferno cheio.‹ Der Weg zur Hölle ist mit guten Vorsätzen gepflastert. Im Französischen sagt man, er ist mit Frauenzungen gepflastert, und das kommt aufs selbe heraus; denn die Frauen wollen meines Erachtens immer das Gute.

Sie erinnern mich an meine Erzählung. Am folgenden Morgen also ging Frau von Piennes zu ihrem Schützling, den sie sehr schwach, sehr abgeschlagen, aber doch viel ruhiger und viel resignierter vorfand, als sie gehofft hatte. Sie sprach wieder von Herrn von Salligny, doch mit mehr Schonung als am Vorabend.

In Wahrheit müsse Arsène durchaus auf ihn verzichten, und nur noch an ihn denken, um ihre gemeinsame Verblendung zu beweinen. Sie müsse noch, und das bilde einen Teil ihrer Buße, sie müsse ihre Reue Max selber noch zeigen, ihm ein Beispiel geben, indem sie ihr Leben ändere und ihm für die Zukunft der Gewissensruhe versichere, deren sie selber sich erfreue. Mit allen diesen christlichen Ermahnungen versäumte Frau von Piennes nicht, einige weltliche Argumente zu verbinden. Das zum Beispiel: wenn Arsène Herrn von Salligny wirklich liebe, müsse sie vor allem sein Wohl wünschen, und durch die Änderung ihrer Aufführung würde sie die Schätzung eines Mannes verdienen, die er ihr in Wirklichkeit noch nicht hatte gewähren können. Alles was streng und traurig an dieser Rede war, wurde plötzlich zunichte, als Frau von Piennes ihr am Schlusse anzeigte, daß sie Max wiedersehn und daß er kommen würde. Die lebhafte Röte, die ihre durch Leiden seit langem bleichen Wangen plötzlich beseelte, der außerordentliche Glanz, in welchem ihre Augen strahlten, hätten es Frau von Piennes fast bereuen lassen, ihre Einwilligung zu dieser Zusammenkunft gegeben zu haben; doch zu einem Entschlußwechsel war nicht mehr Zeit. Einige Minuten, die ihr noch vor Max' Ankunft blieben, verwandte sie zu frommen und nachdrücklichen Ermahnungen, die aber wurden mit einer großen Zerstreutheit angehört, denn Arsène schien nur damit beschäftigt, ihre Haare zu ordnen und das zerknitterte Band ihres Häubchens glattzustreichen.

Endlich erschien Herr von Salligny. Alle seine Gesichtszüge waren gespannt, um heiter und sicher zu erscheinen. Er fragte sie, wie sie sich befinde, und zwar mit einem Stimmklang, den er natürlich herauszubringen versuchte, was ein Katarrh aber nicht hergeben wollte. Arsène ihrerseits war nicht mehr die alte, sie stotterte, konnte keine Worte finden, nahm aber Frau von Piennes Hand und führte sie an ihre Lippen, wie um ihr zu danken. Was man sich in einer Viertelstunde sagte, war das nämliche, was sich verlegene Leute allenthalben sagen. Frau von Piennes allein bewahrte ihre übliche Ruhe oder vielmehr besser vorbereitete Ruhe; sie beherrschte sich besser. Häufig antwortete sie für Arsène, und die fand, daß ihre Interpretin ihre Gedanken recht schlecht wiedergäbe. Die Unterhaltung schlief ein; Frau von Piennes merkte, daß die Kranke viel huste, erinnerte sie daran, daß der Arzt ihr das Reden untersagte, und sich an Max wendend, erklärte sie, er würde besser tun, ein bißchen vorzulesen, als Arsène durch seine Fragen zu ermüden. Voller Eifer nahm Max sofort ein Buch und näherte sich dem Fenster, denn das Zimmer war etwas dunkel. Er las, ohne viel zu verstehn. Sonder Zweifel begriff Arsène nichts mehr, es hatte aber das Aussehn, als ob sie mit lebhaftem Eifer zuhörte. Frau von Piennes stickte an einer Handarbeit, die sie mitgebracht hatte; die Wärterin kniff sich in den Arm, um nicht einzuschlafen. Unaufhörlich wanderten Frau von Piennes Augen vom Bett zum Fenster; nimmer hielt Argus mit seinen hundert Augen so gut Wache. Nach einigen Minuten neigte sie sich zu Arsènes Ohr herunter:

»Wie gut er liest!« sagte sie ganz leise.

Arsène warf ihr einen Blick zu, der merkwürdig gegen das Lächeln ihres Mundes abstach:

»Oh ja!« antwortete sie.

Dann senkte sie die Augen, und von Minute zu Minute erschien eine schwere Träne am Rande ihrer Wimpern und rollte über ihre Wangen, ohne daß sie Acht darauf gab. Max wandte seinen Kopf nicht ein einziges Mal um. Nach einigen Seiten sagte Frau von Piennes zu Arsène:

»Wir wollen Sie jetzt ruhen lassen, mein Kind. Ich fürchte, wir haben Sie etwas ermüdet. Bald werden wir Sie wieder besuchen.«

Sie erhob sich und wie ihr Schatten stand Max auf. Ohne ihn fast anzusehn, sagte Arsène ihm Lebewohl.

»Ich bin zufrieden mit Ihnen, Max«, sagte Frau von Piennes, die er bis an ihre Türe begleitet hatte, »und mit ihr noch mehr. Das arme Mädchen ist ganz entsagungsvoll, sie gibt Ihnen ein Beispiel.«

»Leiden und schweigen, gnädige Frau, ist denn das so schwer zu lernen?«

»Was man vor allem lernen muß, ist, sein Herz bösen Gedanken zu verschließen!«

Max grüßte sie und entfernte sich eilig.

Als Frau von Piennes Arsène am folgenden Morgen wiedersah, fand sie sie beim Betrachten eines Straußes seltener Blumen, der auf einen Tisch bei ihrem Bette gestellt worden war.

»Herr von Salligny hat sie mir geschickt«, sagte sie. »Man hat von ihm aus angefragt, wie es mir gehe. Er ist nicht heraufgekommen.«

»Die Blumen sind sehr schön«, sagte Frau von Piennes etwas trocken.

»Früher hatte ich Blumen sehr gern«, erklärte die Kranke seufzend; »und er hat mich verwöhnt damit ... Herr von Salligny verwöhnte mich, schenkte mir von allem das Schönste, was er finden konnte ... Aber das macht mir jetzt keine Freude ... Sie duften zu stark ... Sie sollten den Strauß nehmen, gnädige Frau; er wird sich nicht grämen, wenn ich ihn Ihnen schenke.«

»Nein, meine Liebe; der Anblick der Blumen macht Ihnen Freude«, erwiderte Frau von Piennes mit einem sanfteren Tone, denn der tief traurige Akzent der armen Arsène hatte sie sehr bewegt. »Ich will die duftenden nehmen, behalten Sie die Kamelien.«

»Nein, Kamelien verabscheue ich ... Sie erinnern mich an den einzigen Streit, den wir gehabt haben ... als ich bei ihm war.«

»Denken Sie nicht mehr an solche Torheiten, mein liebes Kind.«

»Eines Tages«, fuhr Arsène, Frau von Piennes fest anblickend, fort, »eines Tages fand ich in seinem Zimmer eine schöne rosa Kamelie in einem Wasserglase. Ich wollte sie nehmen, er wollte es nicht, hinderte mich sogar, sie anzufassen. Ich war hartnäckig, sagte ihm Dummheiten. Er nahm sie, sperrte sie in einen Schrank und steckte den Schlüssel in seine Tasche. Ich, ich tobte entsetzlich, zerbrach ihm sogar eine Porzellanvase, die er sehr gern hatte. Nichts geschieht. Ich merkte wohl, daß er sie von einer feinen Dame hatte. Nie habe ich erfahren, woher diese Kamelie stammte.«

Während sie so sprach, heftete Arsène einen festen und fast spöttischen Blick auf Frau von Piennes, die unwillkürlich die Augen niederschlug. Es herrschte ein ziemlich langes Schweigen, das nur der schwere Atem der Kranken störte. Dunkel erinnerte sich Frau von Piennes an eine gewisse Kameliengeschichte. Als sie eines Tages bei Frau Aubrée speiste, hatte Max ihr gesagt, daß seine Tante ihm eben zum Geburtstag gratuliert hätte, und bat sie, ihm auch einen Strauß zu schenken. Lachend hatte sie eine Kamelie aus ihren Haaren losgemacht und sie ihm geschenkt. Wie aber war ein so unbedeutendes Geschehnis in ihren Gedanken haften geblieben? Frau von Piennes konnte es sich nicht erklären. Fast war sie ein bißchen erschrocken darüber. Die Art Verwirrung, die sie sich selbst gegenüber verspürte, war kaum verscheucht, als Max eintrat und sie sich rot werden fühlte.

»Dank für Ihre Blumen«, sagte Arsène, »aber sie machen mir Kopfweh ... Sie sollen nicht verloren gehn; ich hab' sie der gnädigen Frau geschenkt. Lassen Sie mich nicht sprechen, man verbietet's mir. Wollen Sie mir etwas vorlesen?«

Max setzte sich und las. Dieses Mal hörte niemand zu; und ich denke, jeder, der Leser einbegriffen, verfolgte den Faden seiner eigenen Gedanken.

Als Frau von Piennes aufstand, um fortzugehn, wollte sie den Strauß auf dem Tische stehn lassen, Arsène aber erinnerte sie an ihn. Sie nahm also das Bukett mit und war verstimmt, sich vielleicht etwas geziert zu haben, weil sie diese Bagatelle nicht sofort angenommen hatte. ›Was ist denn Schlimmes dabei?‹ dachte sie. Aber es war schon schlimm, daß sie sich diese simple Frage stellte.

Ohne dazu aufgefordert zu sein, folgte ihr Max bis ins Haus. Sie setzten sich und verharrten, die Augen von einander abwendend, so lange in Schweigen, daß sie verlegen wurden.

»Das arme Mädchen«, sagte Frau von Piennes, »tut mir innig leid. Wie es scheint, ist fast keine Hoffnung mehr.«

»Sie haben den Arzt gesehn«, fragte Max, »was sagt er?«

Frau von Piennes schüttelte den Kopf:

»Sie hat nur noch wenige Tage in dieser Welt zu leben. Heute Morgen hat man ihr die letzte Ölung gegeben.«

»Ihr Gesicht zu sehen, bereitet einem Qual«, sagte Max, der in eine Fensternische trat, wahrscheinlich um seine Bewegung zu verbergen.

»Sicher ist es grausam, in ihrem Alter zu sterben«, versetzte Frau von Piennes ernst; »doch wer weiß, ob es nicht ein Unglück für sie wäre, wenn sie weiter lebte? ... Indem die Vorsehung sie vor einem Verzweiflungstode bewahrte, hat sie ihr Zeit zur Reue lassen wollen ... Das ist eine große Gnade, deren Wert sie jetzt selber fühlt. Abbé Dubignon ist sehr zufrieden mit ihr. Man darf sie nicht zu sehr beklagen, Max!«

»Ich weiß nicht, ob man Leute, die jung sterben, beklagen soll«, antwortete er ein wenig heftig ... »Ich, ich würde gern jung sterben; was mich aber besonders betrübt, ist, sie so leiden zu sehen.«

»Die Leiden des Körpers sind der Seele oft von Nutzen ...«

Ohne zu antworten, ließ Max sich in der äußersten Zimmerecke in einem dunklen, durch dichte Vorhänge halb verstecktem Winkel nieder. Frau von Piennes arbeitete oder arbeitete scheinbar, die Augen auf eine Stickerei geheftet; aber es schien ihr, als ob Max' Blick wie etwas Schweres auf ihr laste.

Diesen Blick, den sie floh, glaubte sie zu fühlen, wie er über ihre Hände, über ihre Schultern, über ihre Stirne irrte. Ihr schien's, daß er auf ihrem Fuße haften blieb, und sie verbarg ihn schnell unter ihrem Kleide. »Es ist vielleicht etwas Wahres an dem, was man vom magnetischen Fluidum sagt, gnädige Frau.«

»Sie kennen den Admiral von Rigny, gnädige Frau?« fragte Max plötzlich.

»Ja, ein wenig.«

»Ich würde Sie vielleicht um einen Dienst bei ihm bitten ... ein Empfehlungsschreiben ...«

»Warum denn?«

»Seit einigen Tagen mache ich Pläne, gnädige Frau«, fuhr er mit gemachter Lustigkeit fort. »Ich arbeite an meiner Bekehrung und möchte gern eine gute christliche Tat tun, bin aber in Verlegenheit, wie ich's anfangen soll ...«

Frau von Piennes warf ihm einen etwas strengen Blick zu.

»Bei folgendem bin ich stehn geblieben«, fuhr er fort. »Ich bin ärgerlich, weil ich so wenig von Militärdingen weiß, wie man sich im Karree aufstellt, doch das läßt sich lernen ... und so hab' ich die Ehre, Ihnen zu sagen, ich habe große Lust, nach Griechenland zu gehn und dort – um des größten Ruhmes des Kreuzes willen, zu versuchen, irgend einen Türken zu töten!«

»Nach Griechenland!« rief Frau von Piennes, ihr Knäuel fallen lassend.

»Nach Griechenland. Hier tue ich nichts; ich langweile mich; bin zu nichts gut; kann nichts Nützliches tun; es gibt niemanden auf der Welt, dem ich zu etwas gut bin. Warum soll ich nicht gehn und Lorbeeren einheimsen, oder mir um einer guten Sache willen den Kopf zerschießen lassen? Für mich sehe ich überdies kein anderes Mittel, in den Ruhm oder den Tempel der Erinnerung einzugehn, von dem ich soviel halte. Stellen Sie sich vor, gnädige Frau, welche Ehre für mich, wenn man in der Zeitung lesen wird: Man schreibt uns aus Tripolitza, daß Herr von Salligny, ein junger Philhellene, der zu den höchsten Hoffnungen berechtigte – in einer Zeitung kann man das so gut sagen – der zu den höchsten Hoffnungen berechtigte, eben als ein Opfer seiner Begeisterung für die heilige Sache der Religion und der Freiheit gefallen ist. Der grausame Kurschid-Pascha hat sich unter Hintansetzung aller Wohlanständigkeit hinreißen lassen, ihm den Kopf abzusäbeln … Der ist nach dem, was alle Welt sagt, just das Schlechteste an mir, nicht wahr, gnädige Frau?« Und er lachte gezwungen.

»Reden Sie im Ernst, Max? Sie wollen nach Griechenland gehn?«

»Sehr ernst, gnädige Frau; nur würd' ich darauf sehen, daß mein Nekrolog erst so spät wie möglich erscheint.«

»Was wollten Sie in Griechenland machen? Nicht Soldaten sind's, die den Griechen fehlen … Sie würden einen ausgezeichneten Soldaten abgeben, des bin ich sicher, aber …«

»Einen prächtigen Grenadier von fünf Fuß, sechs Zoll!« rief er, sich auf die Beine stellend. »Die Griechen müßten ja sehr albern sein, wenn sie einen solchen Rekruten nicht haben wollten! Spaß beiseite, gnädige Frau«, fuhr er fort, sich wieder in einen Sessel zurückfallen lassend, »das ist, glaub' ich, das Beste, was ich tun kann. Ich mag nicht in Paris bleiben!« Diese Worte stieß er mit einer gewissen Wucht hervor. »Da bin ich unglücklich; werd' doch hundert Dummheiten anfangen … Ich hab' keine Widerstandskraft … Doch wir werden noch davon reden, … ich reise ja nicht sofort ab … aber ich werde reisen … Oh ja, es muß sein; ich habe meinen heiligsten Eid geleistet. – Wissen Sie, daß ich seit zwei Tagen griechisch lerne? Ω φιλτατη φιλω σε – 's ist eine sehr schöne Sprache, nicht wahr?«

Frau von Piennes hatte Lord Byron gelesen und erinnerte sich dieser griechischen Phrase, die der Kehrreim einer seiner kleinen leichten Dichtungen ist. Die Übersetzung ist, wie Sie wissen, in der Anmerkung angegeben; sie heißt: »Mein Herz, ich liebe Dich.« – Das sind dortzulande verbindliche Redensarten.

Frau von Piennes verwünschte ihr all zu gutes Gedächtnis; sie hütete sich wohl zu fragen, was die griechischen Worte besagen sollten, und fürchtete nur, ihr Gesicht möchte zeigen, daß sie sie verstanden hätte. Max hatte sich dem Piano genähert. Seine wie zufällig auf die Tasten fallenden Hände schlugen einige melancholische Akkorde an. Plötzlich griff er nach seinem Hute, und sich nach Frau von Piennes umkehrend, fragte er sie, ob sie am Abend zu Frau Darsenay zu gehen gedächte.

»Ich denke, ja«, antwortete sie etwas zögernd.

Er drückte ihr die Hand und ging sofort weg, sie einer Erregung, wie sie noch keine verspürt hatte, als Beute lassend.

Alle ihre Gedanken waren verwirrt und folgten einander mit solcher Schnelligkeit, daß sie keine Zeit hatte, bei einem einzigen zu verweilen. Es war wie jene Folge von Bildern, die vor dem Fenster eines fahrenden Eisenbahnwagens erscheinen und verschwinden. Doch ebenso, wie mitten im schnellsten Fahren das Auge, welches nicht alle Einzelheiten erfaßt, doch den Hauptcharakter der Landschaften, die man durchquert, aufnimmt, ebenso empfand Frau von Piennes inmitten dieses Chaos von auf sie einstürmenden Gedanken ein Schaudergefühl und glaubte sich wie an einen jähen Abhang inmitten furchtbarer Abstürze gezerrt. Daß Max sie liebte, daran war nicht zu zweifeln. Diese Liebe (sie sagte Neigung) war schon älteren Datums, doch bis dahin hatte sie sich noch nicht darüber beunruhigt. Zwischen einer frommen Frau wie ihr und einem Lebemann wie Max erhob sich eine unübersteigbare Schranke, die sie früher sicher machte. Obwohl sie nicht unempfindlich war der Freude oder dem eitlen Gedanken gegenüber einem so leichtfertigen Manne, wie es Max in ihrer Vorstellung war, ein ernsthaftes Gefühl einzuflößen, hatte sie nimmer daran gedacht, daß diese Neigung eines Tages ihrer Ruhe gefährlich werden könnte. Jetzt, wo der Taugenichts sich besserte, fing sie zu fürchten an. Seine Bekehrung, die sie sich zuschrieb, konnte also für sie und für ihn eine Ursache des Kummers und der Qualen werden. Für Augenblicke suchte sie sich zu überreden, daß die Gefahren, die sie undeutlich voraussah, keinen wirklichen Grund hatten. Diese jäh beschlossene Reise, der Umschwung, den sie in Herrn von Sallignys Benehmen bemerkt hatte, ließen sich allenfalls mit der Liebe erklären, die er für Arsène Guillot bewahrt hatte. Doch, seltsam! Dieser Gedanke war ihr unerträglicher als die anderen, und fast war's eine Erleichterung für sie, sich seine Unwahrscheinlichkeit zu beweisen.

Frau von Piennes brachte den ganzen Abend damit hin, sich so Phantome zu schaffen, sie zu zerstören, sie zu verbessern. Sie mochte nicht zu Frau Darsenay fahren und, um ihrer selbst noch sicherer zu sein, erlaubte sie ihrem Kutscher auszugehn und wollte sich früh schlafen legen ... Sobald sie diesen hochherzigen Entschluß aber gefaßt hatte und in keiner Weise widerrufen konnte, machte sie sich klar, daß er eine ihrer selbst unwürdige Schwäche sei, und bereute ihn. Vor allem fürchtete sie, Max möchte die Ursache ahnen; und da sie vor ihren eigenen Augen sich den wirklichen Grund ihres Nichtausgehens nicht verbergen konnte, kam sie dahin, sich bereits für schuldig zu halten, denn einzig ihre Befangenheit Herrn von Salligny gegenüber erschien ihr als Verbrechen. Sie betete lange, fand sich aber dadurch nicht erleichtert. Ich weiß nicht, um wieviel Uhr sie endlich einschlief; sicher ist, daß, als sie aufwachte, ihre Gedanken ebenso verwirrt waren wie am Vorabend; und ebenso weit war sie davon entfernt, einen Entschluß fassen zu können.

Während sie frühstückte, – denn man frühstückt trotz allem, gnädige Frau, vor allem, wenn man schlecht zu Abend gespeist – las sie in einer Zeitung, daß, ich weiß nicht was für ein Pascha eine Stadt in Rumelien geplündert hatte. Frauen und Kinder waren massakriert worden; einige Philhellenen waren mit den Waffen in der Hand umgekommen oder langsam unter schrecklichen Martern getötet worden. Dieser Zeitungsartikel war wenig geeignet, Frau von Piennes die Reise nach Griechenland, die Max vorbereitete, billigen zu lassen. Sie sann traurig über ihre Lektüre nach, als man ihr ein Briefchen von ihm brachte. Am vorigen Abend hatte er sich bei Frau Darsenay furchtbar gelangweilt; und in seiner Unruhe, Frau von Piennes dort nicht getroffen zu haben, schrieb er ihr, um sich nach ihrem Befinden zu erkundigen, und um sie zu fragen, zu welcher Stunde sie zu Arsène Guillot gehen würde. Frau von Piennes hatte keinen Mut zu schreiben und ließ antworten, sie würde zur gewohnten Stunde hingehn. Dann kam ihr der Gedanke, sofort hinzugehn, um Max nicht zu begegnen; beim Erwägen aber fand sie, das sei eine kindische und schimpfliche Lüge, schlimmer als ihre Schwäche vom Vorabend. Sie wappnete sich also mit Mut, betete inbrünstiglich, ging, als es Zeit war, fort und stieg festen Fußes in Arsènes Zimmer hinauf.

3.

Sie traf das arme Mädchen in einem mitleidserregendem Zustande an. Augenscheinlich war ihre letzte Stunde nahe, und seit dem Vortage hatte das Leiden schreckliche Fortschritte gemacht. Ihr Atmen war nur noch ein schmerzvolles Röcheln, und man sagte Frau von Piennes, sie habe am Morgen mehreremals Delirien gehabt, der Arzt glaube nicht, daß sie den anderen Morgen erleben werde.

Arsène indessen erkannte ihre Beschützerin und dankte ihr, gekommen zu sein, um sie zu sehen.

»Sie werden sich nicht länger ermüden, meine Treppe hinaufzusteigen«, sagte sie mit erloschener Stimme.

Jedes Wort schien sie eine furchtbare Anstrengung zu kosten und, was ihr an Kräften noch blieb, zu nehmen. Man mußte sich über ihr Bett neigen, um sie zu verstehen. Frau von Piennes hatte ihre Hand genommen, sie war bereits kalt und wie leblos.

Max erschien bald und näherte sich schweigend dem Bette der Sterbenden. Sie machte ihm ein leichtes Zeichen mit dem Kopfe, und als sie bemerkte, daß er in der Hand ein Buch in einer Hülle hatte, murmelte sie schwach: »Heute werden Sie nicht lesen.«

Frau von Piennes warf einen Blick auf das angebliche Buch: es war eine aufgezogene Karte von Griechenland, die er im Vorübergehn gekauft hatte.

Abbé Dubignon, der seit dem Morgen bei Arsène war, bemerkte, mit welcher Schnelligkeit der Kranken Kräfte sich erschöpften und wollte zu ihrem Heile die wenigen Augenblicke, die ihr noch blieben, ausnützen. Er entfernte Max und Frau von Piennes, und über das Schmerzensbett gebeugt, richtete er an das arme Mädchen die ernsten und trostreichen Worte, welche die Religion sich für derartige Augenblicke aufspart. In einer Zimmerecke kniete Frau von Piennes im Gebet und Max, der aufrecht am Fenster stand, schien in eine Statue verwandelt.

»Sie verzeihen allen, die Sie beleidigt haben, meine Tochter?« fragte der Priester mit bewegter Stimme.

»Ja! ... Mögen sie glücklich sein!« antwortete die Sterbende, indem sie sich anstrengte, um sich hörbar zu machen.

»Verlassen Sie sich auf Gottes Barmherzigkeit, meine Tochter«, fuhr der Abbé fort, »die Reue öffnet des Himmels Tore.«

Einige Minuten noch setzte der Abbé seine Ermahnungen fort; dann hörte er zu sprechen auf, da er nicht wußte, ob er nur noch einen Leichnam vor sich hatte. Leise stand Frau von Piennes auf, und jedweder blieb einige Zeit unbeweglich, voller Angst Arsènes fahles Antlitz anschauend. Ihre Augen waren geschlossen. Jeder hielt seinen Atem zurück, wie um den schrecklichen Schlummer nicht zu stören, der vielleicht für sie begonnen hatte, und deutlich hörte man in dem Zimmer das leise Ticken einer auf den Nachttisch gelegten Taschenuhr.

»Sie ist verschieden, das arme Fräulein!« sagte endlich die Wärterin, nachdem sie ihre Tabaksdose Arsènes Lippen genähert hatte. »Sie sehen, das Glas ist nicht angelaufen. Sie ist tot!«

»Armes Kind!« rief Max, aus seiner Betäubung erwachend, in die er versunken gewesen war. »Welches Glück hat sie auf dieser Welt gefunden?«

Plötzlich, und wie von seiner Stimme belebt, öffnete Arsène die Augen.

»Ich habe geliebt!« murmelte sie mit dumpfer Stimme.

Sie bewegte die Finger und schien die Hände ausstrecken zu wollen. Max und Frau von Piennes hatten sich genähert und nahmen jeder eine ihrer Hände.

»Ich habe geliebt«, wiederholte sie mit einem traurigen Lächeln.

Das waren ihre letzten Worte. Max und Frau von Piennes hielten lange ihre eisigen Hände, ohne es zu wagen, die Augen aufzuschlagen ...

Nun, gnädige Frau, Sie sagen mir, meine Geschichte sei zu Ende und Sie wollten nichts mehr hören. Ich hatte geglaubt, Sie würden neugierig sein und wissen wollen, ob Herr von Salligny nach Griechenland reiste oder nicht; ob ... Aber es ist spät, Sie haben genug. Schön! Hüten Sie sich wenigstens vor kühnen Meinungen, ich erkläre feierlichst, daß ich nichts gesagt habe, was Sie dazu ermächtigen könnte.

Zweifeln Sie vor allem nicht daran, daß meine Geschichte wahr ist. Oder sollten Sie zweifeln?

Gehen Sie auf den Père Lachaise: zwanzig Schritte links vom Grabe des Generals Foy, werden Sie einen ganz einfachen feinkörnigen Kalkstein finden, von immer gut gepflegten Blumen umgeben. Auf dem Steine können Sie in großen Buchstaben eingegraben den Namen meiner Heldin finden: Arsène Guillot, und wenn Sie sich über dies Grab beugen, werden Sie, wenn der Regen es nicht schon ausgelöscht hat, eine mit sehr feiner Schrift geschriebene Bleistiftzeile bemerken:

Arme Arsène! Sie bittet für uns.

Erzählungen der Frühromantik

1799 schreibt Novalis seinen Heinrich von Ofterdingen und schafft mit der blauen Blume, nach der der Jüngling sich sehnt, das Symbol einer der wirkungsmächtigsten Epochen unseres Kulturkreises. Ricarda Huch wird dazu viel später bemerken: »Die blaue Blume ist aber das, was jeder sucht, ohne es selbst zu wissen, nenne man es nun Gott, Ewigkeit oder Liebe.«

Tieck Peter Lebrecht **Günderrode** Geschichte eines Braminen **Novalis** Heinrich von Ofterdingen **Schlegel** Lucinde **Jean Paul** Des Luftschiffers Giannozzo Seebuch **Novalis** Die Lehrlinge zu Sais
ISBN 978-3-8430-1878-4, 416 Seiten, 29,80 €

Erzählungen der Hochromantik

Zwischen 1804 und 1815 ist Heidelberg das intellektuelle Zentrum einer Bewegung, die sich von dort aus in der Welt verbreitet. Individuelles Erleben von Idylle und Harmonie, die Innerlichkeit der Seele sind die zentralen Themen der Hochromantik als Gegenbewegung zur von der Antike inspirierten Klassik und der vernunftgetriebenen Aufklärung.

Chamisso Adelberts Fabel **Jean Paul** Des Feldpredigers Schmelzle Reise nach Flätz **Brentano** Aus der Chronika eines fahrenden Schülers **Motte Fouqué** Undine **Arnim** Isabella von Ägypten **Chamisso** Peter Schlemihls wundersame Geschichte **Hoffmann** Der Sandmann **Hoffmann** Der goldne Topf
ISBN 978-3-8430-1879-1, 408 Seiten, 29,80 €

Erzählungen der Spätromantik

Im nach dem Wiener Kongress neugeordneten Europa entsteht seit 1815 große Literatur der Sehnsucht und der Melancholie. Die Schattenseiten der menschlichen Seele, Leidenschaft und die Hinwendung zum Religiösen sind die Themen der Spätromantik.

Brentano Die drei Nüsse **Brentano** Geschichte vom braven Kasperl und dem schönen Annerl **Hoffmann** Das steinerne Herz **Eichendorff** Das Marmorbild **Arnim** Die Majoratsherren **Hoffmann** Das Fräulein von Scuderi **Tieck** Die Gemälde **Hauff** Phantasien im Bremer Ratskeller **Hauff** Jud Süss **Eichendorff** Viel Lärmen um Nichts **Eichendorff** Die Glücksritter
ISBN 978-3-8430-1880-7, 440 Seiten, 29,80 €

Erzählungen aus dem Biedermeier

Biedermeier - das klingt in heutigen Ohren nach langweiligem Spießertum, nach geschmacklosen rosa Teetässchen in Wohnzimmern, die aussehen wie Puppenstuben und in denen es irgendwie nach »Omma« riecht.

Zu Recht. Aber nicht nur.

Biedermeier ist auch die Zeit einer zarten Literatur der Flucht ins Idyll, des Rückzuges ins private Glück und der Tugenden. Die Menschen im Europa nach Napoleon hatten die Nase voll von großen neuen Ideen, das aufstrebende Bürgertum forderte und entwickelte eine eigene Kunst und Kultur für sich, die unabhängig von feudaler Großmannssucht bestehen sollte.

Georg Büchner Lenz **Karl Gutzkow** Wally, die Zweiflerin **Annette von Droste-Hülshoff** Die Judenbuche **Friedrich Hebbel** Matteo **Jeremias Gotthelf** Elsi, die seltsame Magd **Georg Weerth** Fragment eines Romans **Franz Grillparzer** Der arme Spielmann **Eduard Mörike** Mozart auf der Reise nach Prag **Berthold Auerbach** Der Viereckig oder die amerikanische Kiste

ISBN 978-3-8430-1884-5, 444 Seiten, 29,80 €

Erzählungen aus dem Biedermeier II

Annette von Droste-Hülshoff Ledwina **Franz Grillparzer** Das Kloster bei Sendomir **Friedrich Hebbel** Schnock **Eduard Mörike** Der Schatz **Georg Weerth** Leben und Taten des berühmten Ritters Schnapphahnski **Jeremias Gotthelf** Das Erdbeerimareili **Berthold Auerbach** Lucifer

ISBN 978-3-8430-1885-2, 440 Seiten, 29,80 €

Erzählungen aus dem Biedermeier III

Eduard Mörike Lucie Gelmeroth **Annette von Droste-Hülshoff** Westfälische Schilderungen **Annette von Droste-Hülshoff** Bei uns zulande auf dem Lande **Berthold Auerbach** Brosi und Moni **Jeremias Gotthelf** Die schwarze Spinne **Friedrich Hebbel** Anna **Friedrich Hebbel** Die Kuh **Jeremias Gotthelf** Barthli der Korber **Berthold Auerbach** Barfüßele

ISBN 978-3-8430-1886-9, 452 Seiten, 29,80 €